문학과지성 시인선 513

울지도 못했다

김중식 시집

문학과지성사

문학과지성사에서 펴낸 김중식의 시집

황금빛 모서리(1993)

문학과지성 시인선 513
울지도 못했다

초판 1쇄 발행 2018년 7월 11일
초판 4쇄 발행 2023년 11월 27일

지 은 이 김중식
펴 낸 이 이광호
편   집 최지인 이민희 조은혜 박선우
펴 낸 곳 ㈜문학과지성사
등록번호 제1993-000098호
주   소 04034 서울 마포구 잔다리로7길 18(서교동 377-20)
전   화 02)338-7224
팩   스 02)323-4180(편집) 02)338-7221(영업)
전자우편 moonji@moonji.com
홈페이지 www.moonji.com

© 김중식, 2018. Printed in Seoul, Korea

ISBN 978-89-320-3118-7 03810

이 도서의 국립중앙도서관 출판예정도서목록(CIP)은 서지정보유통지원시스템 홈페이지
(http://seoji.nl.go.kr)와 국가자료공동목록시스템(http://www.nl.go.kr/kolisnet)에서
이용하실 수 있습니다. (CIP제어번호: CIP2018020310)

문학과지성 시인선 513

울지도 못했다

김중식

첫 시집은 어머니께, 두번째 시집은 '마담 주얼리'에게,

유고 시집은 세상의 딸들에게.

시인의 말

나는 근본주의자였다.
두 손으로 번갈아 따귀를 맞았다.

하루에도 몇 번씩 해탈과 혁명의 양안兩岸에 머리 찧을 때
나의 시 또한 종교이자 이념이었다.

지상에 건국한 천국이 다 지옥이었다.

삶은 손톱만큼씩 자라고 기울었다.
지구를 타고 태양을 쉰 번 일주했다.
봄 새싹이 다 은하수의 축전祝電이었다,
천국은 하늘에, 지옥은 지하에, 삶과 사랑은 지상에.

2018년 여름
김중식

울지도 못했다

차례

시인의 말

I

III

I

자유종 아래

가죽나무 타고 넘어 들어갔던 서대문형무소
왜식 목조건물 사형장은 나의 놀이터였지
도르래에서 밧줄을 끌어 내려 목에 걸었지
축하해, 젊음의 교수형을 집행하는 화환花環
목의 때와 살갗과 육즙으로 엮은 비린 동아줄
미친 시대가 하필 우리의 전성기였으므로
돌아버리지 않아서 돌아버릴 것 같았던
속으로 화상 입은 청춘이었으므로
유언이래야 "할 말 없다"는 것이었지, 개로
태어나더라도 늙은 개로 태어나고 싶었지
짖지 않는 개로 태어나고 싶었지, 덜컹
발판을 열면 다리가 뜨고 혀가 나오겠지
죽을죄는 없고 죽일 벌만 있을 뿐, 발아래
컴컴한 식욕을 날름거리는 콘크리트 지하실
나는 뛰어들었지, 귀 막고 입 다물며
나는 뛰어들었지, 다시는 젊지 말자고

도요새에 관한 명상

먹고살기 어려운 거지만
시베리아에서 뉴질랜드까지
얼굴이 반쪽 되도록 태평양을 세로지르는 도요새
먹고사는 게 최고 존엄 맞지만
멀리 가봐야 노동이고
높이 날아봐야 생계이므로
어지간하면 퍼질러 앉겠구만,

물과 뭍의 경계
드나드는 파도 틈새에서
하품하는 먹잇감을 노리는 도요새
평화는 생사가 갈린 이후 잠시 반짝이는 적막이다

먼 곳에도 다른 세상 없는데
새 대가리 일념으로 태평양을 종단하는 도요새
산다는 건 마지막이므로
살자,
살아보자,
다시 태어나지 않으리니.

스키드 마크

이번 삶은 늦었어,
급제동하는 순간
당신이 옳았다

당신은 늦었다
낮술에 취했든 졸았든 그이를 생각했든
뱃가죽으로
아스팔트를 움켜쥔 채
두 획
혈서를 쓴 거다
빗길에서도 한 호흡에 폐를 채우는 타이어 타는 냄새

외눈박이 가로등이 ㄱ 자로 허리 굽혀
하직 인사를 하지
길이 아닌 것도 아닌데
앞만 보고 죽어라 달린 것도 아닌데
자꾸 미끄러지는 삶
이번 생은 늦었다
당신이 옳았다

랜섬웨어 바이러스

잘못 건드린 모양이다
뭘 눌렀는지 모르겠는데

검은 비 내리고 긴 죄의 꼬리표가 붙으면서
내가 이룩한 도시가 대홍수에 쓸려 내려간 느낌
물이 빠져도 쓰레기만 해초처럼 코 박고 있으니

잘못 건드린 죄 하나로 벌받는 느낌
경經이 말씀대로 이룬 일은 지옥밖에 없음!
없음!

아무에게도 이롭지 않은 사람은 없다는 믿음을 쓸어
버리기로 한다
천한 사람은 없어도 천한 영혼은 있으며,
개의 새끼가 될지언정 개만도 못한 인간이 있다는 것을

악인도 잠을 자는데
잠 속에서도 없는 죄의 용서를 빌어야 하는, 이것이
지옥이다

아기 난민은 문 닫힌 세계로 가다 해변에 코 박고
반지하 창문을 두드리던 청년은 굶어 죽으며
세월은 가라앉는다

뭘 잘못 건드린 것인지
어떤 버튼을 누른 것인지

지구온난화

소나기에 실려 온 올챙이며 치어 들이
공터 웅덩이에서 놀고 있는데;
놀던 데가 아니네?
물이 쫄아들면서
두부 속으로 파고든 미꾸라지처럼
여기는 진흙 사우나네?

되고 싶다고 되는 것도 아니고
아무 짓도 안 했는데
서로가 서로를 혹사하는 삶이
더(러)워지는 느낌

길이 놓여도 멀리 가지는 말라고
집 떠나면 고생이라고
경고를 먹고도 근신하지 않은 내 책임이지만,

작은 별의 한 뼘 텃밭에 씨 뿌리는 것은
풀이나 꽃, 눈이나 비처럼
여린 것들이

대륙을 씻어낼 때가 있기 때문

바람 한 줄기가
손등으로 지구의 이마를 식혀주는 것처럼
한 지붕 아래 살지 않아도
한 하늘 아래 그저 건강하기를
열받지 말고.

보험사寺
— 영상 백 도와 영하 반백 도의 근친近親

조계사 뒤 재보험빌딩 뒷마당
시계탑처럼 생긴 대형 온도계에는
영상 백 도에서 영하 오십 도까지
눈금이 있다

끝까지 가보자는 건가
보험이 보험을 들 만큼
태평양이 얼어붙거나
지구가 불가마 온도로 열받는 날
백이십 킬로그램이 영 킬로그램과 함께 있는 체중계
처럼
가장 먼 곳이 가장 가까운 곳에 있으리라

골목 양쪽으로 피안彼岸과 고해苦海가
징검다리 바위 하나 디디면 갈 수 있는;

돌아누운 부부처럼
세월 곁에 죽음이
죽음 곁에 소란한 고요가

18

떨어지면 쩍 하고 소리 나는
나무젓가락처럼 붙어 있다

코끼리 코 발기한 주전자 속에
수챗구멍 모양의 연근蓮根,
끓는 태평양에 뿌리 내린 연꽃을
얼음물로 식혀줄까

1394 is 주체

나, 하도 속물이어서
절밥은커녕 젯밥만 봐도 헛구역질하는데
어쩌다 경經을 파먹으며
중세 수도원을 찾아다녔나 몰라

천국을 맛본 자, 맨정신이 싱겁겠으나
꿈결에 지은 집은 꿈 깰 때 접어야 하는데
이마에 찍은 화인火印으로
먼 곳을 비추는 서치라이트

지상에 세운 천국은
팝업 그림책으로 벌떡 일어서는 병풍 지옥도地獄圖

(남 얘기가 아니지,
 혀 깨문 독사처럼 귀 막은 채
 제 입으로 주체에 키스한 IS교
 사랑 없이 혁명을 하던 이념의 인공지능들이었지)

나는 돌아다니며 여러 신에게 기도했지

울면서, 술기운으로
주여, 천국을 제자리에 두소서
아무것도 하지 마소서
(신이여 썩 물러가라!)

술김에 한 말은 술 깰 때 접어야 하는데
아직 흘릴 피가 남아 있다면
나는 죽어 지옥 갈 테니
너흰 천국에서 살아라
아무것도 안 한 사람들끼리 C U in Hell.

시즌 2

눈 내리는 4월의 동유럽
기차가 펑펑 둥둥 달려간다
여기에 없는 게 거기 있었겠느냐만
눈 감고 가출했던 철부지들
나가봐야 막장드라마였는데
진짜 애비가 따로 있다는 듯
강 건너 뭔가 있을 것 같아 넘어갔지
문 열어달라고

세상을 바꾸지 못했으나 너무 바뀐,
바뀌었으나 달라지지 않은
프라하에서 부다페스트 가는 길
간이역 벤치에
여인이 눈사람처럼 앉아 있다
기차는 서지 않고 아무도 내리지 않는데
기차는 펑펑 둥둥 달리고
나비 날개 위로 눈은 펑펑 내리고

철한낸보서에국천

로으름이의신

,상세한헌봉이들사천

데인팩닐비空眞공진한폐밀후균살

가뗴기더구

다있고먹파를뇌

까을있수할원구를너

까을있수을받원구가내

가다자서에텔모고먹술

간순는뜨눈아같거는듬더날가누

라놀큼만나

는하피을몸로으깥바대침며내리소음신

냐구누너

나의속울거—

는하러테살자이들사천

서소마지루이에상지을뜻의늘하

서소마지오리이니테갈로기거가리우,여이신

서소하듯본못,여주

난리도 아닌 고요

아무리 둘러보아도
새는 새고, 산은 산이다
새소리도 산의 고요에 한몫하는
평일 저물녘 하산下山 길

피할 수 없으면 조용히 살자,
나를 분리수거해서 세상 더럽히지 말자,
다짐하면서 내려오는데

산 전체가 비명悲鳴으로 연대連帶한다
난리 때 봉화가 그랬을까
매 한 마리 떴을 때
무인도 갈매기가 통째로 이륙하듯
난리다

어미 새들은 헬기 자세로 솟구치다
뒷덜미를 낚아채인 고양이처럼
강풍에 뒤집히는 순간의 우산 모양이다

새들은 무엇을 보고 뒤집어졌을까
새는 새가 아니고
산은 산이 아닌가

나만 다스리면 될 것 같은데,
나는
난리도 아니다

금연 포기

조개가 숯불 위에서
처녀 역사力士 장미란처럼
지붕을 들어 올리고 있다.
속을 끓이고 있었다는 거다.

에베레스트 가는 길 해발 5천 5백 미터 베이스캠프
희미한 산소 속에서
잠든 턱이 조개구이처럼 쩍쩍 벌어지고 있다

입안이 끓고 있었다는 듯이,
숨 쉬는 게 풀무질이라는 듯이,

그래, 끓은 일을 다시 끊어버리면 돼.
오랜만에 찾아오신 깨달음 하나
즉, 피우는 것도 집착이지만 끊는 것도 집착!
뭘 삶을 그리 아메리칸 퀼트처럼 이어 붙이시나!

열 달 끊은 담배를 이어 피우면서
그래, 집 사는 일만 포기하면 돼.

시인도 둘만 모이면 아파트 이야기를 하는 세상에서
그래, 침묵하면 돼

얼마나 잘 살겠다고 갱생씩이나 하나,
믿지 않으니 다시 태어나지는 않을 테고
좀더 놀자, 발 질질 끌며

아파트 오후 4시

없이 사는,
없는 것처럼 사는,
풍風 맞은 이들의 재활원

어디 숨었다 모이셨나
로봇 관절을 지닌 줄인형들이, 정지 화면이
움직이고 있다

실외에서
흰 실내화를 끄는 삶
술 따르는 중독자처럼 두 손 떨면서

누군가 스치면 스러지는,
없이, 없는 것처럼 사는,
유령처럼

아이들 학원 버스가 돌아오기 전
거짓말처럼 증발하는
신기루 요양원

조망권

앞바다가 병풍처럼 펼쳐졌던
언덕 위 해광사 海光寺

바다가 토막 났네!
흰색은 벽이고 검은색은 창문인 해변 아파트가
바다에 커튼 쳤네

원래 바다가 허깨비지,
눈 감고 광명 찾자, 싶다가도
내 바다는 아니어도 지들 바다도 아닌데

아파트 너머 서해에서 오신 갈매기
그림자가 이마를 스친다

때수건이 열리는 물오리나무

자작나뭇과 물오리나무 이름표를 단 나무
꼭대기에 때수건이 장갑처럼 걸려 있다
옆 나무는 빠마를 하시는지
흰색 비니루 자동차 커버를 쓰고 있다

남자들은 등치기로 나무를 넘겨뜨릴 듯,
아파트 부녀회원은 복면 쓰고 종주먹을 치켜드는데
개를 사랑한다면 개 눈치의 1푼어치만 사람을 챙기라
는 것;
산수山水가 우째 풍경이 아니라 풍속이다

그래, 나는 다음 생엔 사람 몸 받기 글렀지
짐승이 짐승으로 살아도 밑지는 장사는 아닐 테지만

세상이 아니라 사는 게 더러운 것;
영혼이 피부 바깥을 뚫고 나온 적이 없어서
피부까지가 세상의 부피인 사람들,
몸 밖에도 세상이 있는 줄 모르는;

목 졸라 버린 맥주캔이 새끼 오리처럼

오리 배를 따라오는 인공 호수에서
쌍스러움과 성스러움이
하나같기도, 아닌 것 같기도

고속도로를 달릴 때 보았던 풍세風卋 톨게이트
로 빠져나가면 바람의 세상일까
새가 나보다 가볍다고는 말 못 하지만
자꾸 산 너머를 보게 되는데

껌 짝짝 씹는 여름 태양 아래
절벽에는 앉은뱅이꽃 피고
비봉 마애석가여래는
진즉 실족한 듯

나, 까칠해졌구나
살아남은 것들은 다 장壯한 것들,
건들지 말자

하루는 길지만 인생은 짧은 것이니.

비, 스피드, 그리고 대서부열차*

안개비 속에서 불꽃 튀기며 철교를 뚫고 나오는 증기 기관차는 자기의 기관을 밖으로 드러낸 채 달리는 육중 肉重, 고깃덩어리다

50년 된 아파트의 배관 파이프에서 녹물이 나오듯 아 중동阿中東을 관장灌腸한 육즙이 강물로 떨어진다

기관차에 묶여 끌려가는 개, 눈먼 어른의 손에 이끌려 가는 눈뜬 아이,

제가 벗어놓은 피부 속으로 들어가 자기 그림자의 긴 앞발을 핥고 있는 템스강 증기기관차

* 근대 영국 화가 윌리엄 터너의 작품 제목.

늦은 귀가

돌아보지 않으면 길이 아니다 지구 반 바퀴를 뜬눈으로 날아야 하는 철새는 긴 목을 가슴에 비빈다, 얼마나 가야 할지를 따지는 것은 몸 밖으로 나간 정신처럼 얼마나 되돌아올 수 있을지를 가늠하는 것이다, 아무도 없는 산, 올라갈 땐 괜찮았는데 왼쪽 무릎뼈가 쑤셔 주저앉았다가 한쪽 발로 하산할 때, 나는 내가 지난 세월에 얼마나 날뛰었는지를 잘 알고 있었으므로 울지도 못했다

* "나는 네가 한 일을 잘 알고 있다"(요한묵시록 3:1).

극장 해체 공사
— 어느 연극 배우의 죽음

꼭대기부터 한 층씩 안쪽으로 저며지는 개미지옥,
콘크리트와 철근이 깔때기 속으로 빨려들어 가는
서울 중구 정동 옛 MBC 문화체육관 철거 현장

신인왕 박종팔 김태식 선수가
눈에 고이는 피를 주먹으로 찍어내면서 강적을 때려
눕혔던 링,
갈매기 끼룩거리던 체호프 연극은 안 했었나
황정민의 춤 잘 추는 아내가 처음 주인공을 맡았던 뮤
지컬 무대를
해머와 포클레인이 무너뜨리고 있다

내 아들딸에게 접근 금지시킨 직업 세 개,
시인과 연극쟁이 그리고 복서
누구든 자기 삶의 주인공이지만
손톱으로 갱도를 파내는 것처럼
오늘 피 흘리고 내일 피 말리는 밥벌이라서

시가 피를 흘려야 한다는 시학詩學은 없지만

쓸 때도 돈이 안 들고 써도 돈이 안 되는,
시집값이 종잇값인
(집값은 시멘트와 철근 값이 아닌)

흔적을 남기는 일이 다 업을 쌓는 일이라는 듯
속 없이
속 비운 무명 배우 '지나가는 사람 2'에 비한다면
시 써서 시냇물에 띄워 보냈다는 옛 시인도
원고를 불태워달라고 친구에게 부탁하고 죽은 소설가도
욕정을 과적한 등장인물이었을 뿐,

폭삭폭삭 극장이 무너질 때
인부가 하는 일은
중장비 옆에 쪼그려 앉아
호스로 물 뿌려 먼지 진압하기,
수압의 사정거리를 스크린 삼아
허공에 낙서하기

인생 극장, 흘린 피를 물로 지우는 제로 베이스 무대

키다리 풍선 인형

신장개업 음식점 앞에서
바람 잔뜩 들어간
키다리 풍선 인형이
미니스커트 아가씨와 함께
관절 꺾는 춤을 추고 있다
기마 체위로 오르내리는 식은 불꽃
순대를 꿈틀거리며
스텝 없이 몸부림만 있는,
흥분하지만 표정이 없는
에어 댄서
무릎 꿇었다 화들짝 일어서는 게
통성기도를 할수록 버림받는 자세다
해 떨어질 때
다리 풀리고 풀 죽은 거죽만 남아
말없이 제정신도 아닌
헛바람 허수아비

꿈틀대며 살아가는 물생들이
이 땅을 버리고 어디로 갈 것인
향가 안빈가중

먼지구덩이에서라도 뿌리를
풀이 꿈틀댄이라
먹고 사는 일이라면
치지도 영혼도 버린 지 오래
아메바처럼 꼬물대며 세포분열
세상 끝까지 土着은 본능이고
쫓겨나도 돌아오고 싶은 고향
잠든 시간에 중생들이 국경을
공화국이 발목을 톱질했는지
철조망을 포복으로 넘어 어디

파자 破字

'乳(유)'는
유방 세 개 밑에 자식이 있는데
그 녀석이 갈고리를 숨긴 모습이다

어미는 등을 찍혀도
세로 주름 찡그리며 눈을 별표처럼 감을 뿐
입이 없는 모양새다

배 지나가자 먹을 거 달라고 손 내미는 보트피플,
엄마 손을 밀쳐내며
제 손 내미는 새끼가 화면에 잡혔다

자식은 나쁜 것보다 더 나쁜 자식이다
감기 들어도 차가운 피,
신이 내 죄를 안다면 용서할 수 없으리라

원수야, 나의 나머지 한쪽 뺨도 때려라 위선쟁이들아
나에게 돌을 던져라 바다야,
내 몸 던질 테니 내 눈 뜨게 해다오

이러지 않을 수 있다면
이러고 싶지 않다
나만 그런 것인가.

그대는 오지 않고

졸아붙어 바닥을 태우는 냄비처럼
살 수는 없는 일,
먼 길이 두려운 게 아니다
잃어버릴 게 많아서다

체질까지 바뀌어
더운 날엔 땀 나고
올챙이배가 무덤 같아서
팔짱을 올려놓는 나른한 오후

2단 로켓이 점화되기 직전
허공에 부동자세로 떠 있는 대륙간탄도미사일처럼
가면 가겠지만
대기권에 재진입할 수 있을지 모르겠다는 것이다

혁명이 아니면 사치였던 청춘
뱃가죽에 불붙도록 식솔과 기어온 생
돌아갈 곳 없어도 가고 싶은 데가 많아서
안 가본 데는 있어도 못 가본 덴 없었으나

독사 대가리 세워서 밀려오는 모래 쓰나미여,
바다는 또 어느 물 위에 떠 있는 것인가
듣도 보도 못 한 물결이 옛 기슭을 기어오르고
두 눈은 침침해지고 뵈는 건 없는데

온다는 보장 없이 떠나는 건 나의 몫
신마저 버린 땅은 없으므로 풀잎은 노래한다
온몸을 떨었어도 그대 오지 않았듯이
더듬어 돌아올 길이 멀어지는 게 두려울 뿐.

어쩌다 종점

가보지 않은 길이 새로운 길은 아니었다
'살다'를 길게 발음하면 '떠난다'는 뜻이 되고
헤매다 보면 종점이었다

암전 후 조명 들어왔을 때
어쩌다 여기지?
잘못 표시한 동선動線인가?

눈 둘 곳 없는 눈길로 세상 아닌 곳에서 거처를 찾았다
미끄러질 때만 무게를 놓는 삶
영원과 같은 찰나가 나타났다 사라졌다

'살다'를 길게 발음하면 '떠난다'는 뜻이므로
초秒 단위를 아껴 떠나시기를
'시인'도 빨리 발음하면 '신'이 되므로.

II

이 더러운 세상

세상일이 헛돌아
한 번쯤 등질 수는 있겠으나
가서, 왜 안 나오는 걸까
나는 사막보다 거기 사는 사람들에게 혹했다

살 곳이 아닌 데서 사는 것은
가까이 오지 마!
건드리지 말라는 뜻 같아서
멀리서 지켜본 공작새 일가一家

가시덤불에서 찾아낸,
공복을 채울 수 없는 벌레 한 마리를
새끼 입에 넣어주는데
먹고산다는 건 한 끼 한 끼가 빅뱅이다

못 볼 꼴을 봐도 백 번을 목격하는 공작새
하나가 아프면 백 개의 눈깔이 다 아프다
더러운 세상을 피해 다녔으나
더러운 세상을 버릴 수 없는.

노아의 방주

가스 파이프가 가드레일처럼 이어진 국경 마을
두 발 모아 튀어 다니던 참새들이 전깃줄에
미미미도
레레레시
앉아 있다
가볍게 살아도 생은 무겁지만
세수만 해도 모델 같은 추리닝 아가씨,
삶은감자를 먹다가
이 세상 아닌 곳을 쳐다보면서
어디든 가보자고 히치하이킹을 하지만
막사에는 병사들이 저녁밥 짓는 연기,
망명이든 구원이든
저 너머는 좀 다를까
낭떠러지와 절벽 급커브 길을 지나면
여기 없는 삶이 나타날까
코카서스 아라라트산 아가씨여,
나, 죄업을 마일리지 쌓으며
생을 끌고 다녀보았으나
다른 생은 없고

다들 살고 있더라,
마음 짠한 거 보면
우리 모두 한배에서 난 것은 맞는 거 같다만
다음 생에서 한 배를 타자꾸나
구명조끼 챙겨 입고.

바람의 묘비명

〈낙타 여인숙〉 주인장은 코웃음 쳤다
여기서 태어났으니 사는 거지
딴 데 살다가 못 들어온다고,
사파리하면서 낙타 고기나 먹으라고,

사람 살 곳 아닌 데 사는 사람의 시조始祖는
금지된 사랑의 투석형投石刑이나
부족 청소의 학살을 피해
쫓아올 수 없는 곳으로
살아도 산 게 아닌 곳으로
도망친 사람일 듯

구름과 바람도 없이
그리하여 비도 없이
풀포기와 개미도 없이
머물 곳이 아닌 데서
또 다른 구약舊約의 족보를 썼을 듯

사는 게 별거더냐

다 똑같으므로 그냥 내버려두면 되는데
똑같지 않다면서 내버려두지 않을 뿐

지진 같은 치통과
이마에는 빗살 무늬,
살을 째는 각질을 달고 여기까지 왔는데

사막에 사람이 없는 게 아니라
사람 없는 곳이 사막인 거라서

바람 물결 위의 텐트

사람 없는 곳은 살기 어려운 곳인데
유목민 가족이 있다
들어가기도 어렵거늘 왜 안 나오나

주근깨처럼 흩뿌려진 풀포기를 찾아 헤매고
더워 죽더라도 몸무게만큼 털을 길러야 하는 양 떼는
지옥에 태어난 아기 천사 같은데

산맥 하나 넘으면 카펫 초원
소 말 염소 닭 오리 돼지 들이 양떼구름 아래
트림하며 낮잠 자는 이발소 그림이더만

세상과 어울리지 않아서
학교와 세금과 투표 없이 산다고는 하나,

움직이지 않으면 앉아서 굶는다는 거
말 타고 휘파람 불며 이리저리 양 떼 모는 일이
먹고사는 최단 거리를 주파하는 숨찬 노동이라는 거

인구밀도 희미한 데서 넓게 사는,

사막의 정주민定住民들

흐르는 바람 물결 위에 텐트 치는,

만신전

별은 가깝고 길은 멀더라
나쁜 것보다 더 나쁜 건 안 보인다는 거다
잠시 한눈팔았는데
일몰 후의 히말라야는 암실
빛을 봉인한 검은 구슬이다

숯 넣은 조선간장 밑바닥을 무無 산소로
더듬어 기어가면서
아자,
아 씨발,
여보 미안해,
애들아 사랑해,
살려줘,
소리치면서
만일에 대비해 두루 모셨던 만신萬神을 부르며

한 번만 살려주시면

어디서 왔는지 알게 된다면

어디로 가야 할지 알게 될 것 같아서
여기까지 오긴 했는데,

가면 나올까
해 떨어지면 집으로 가는 게 맞다
돌아갈 곳이 없다면
밤새 노는 게 아니라
돌아버리는 것

호랑이가 뒤에서 덮쳤다면
가죽 벗길 필요도 없는 한입 인스턴트 식품이
늘 클라이맥스로 살고 싶었을 뿐

멀리 불빛이 보이자
살았구나
다시는 까불지 말자
오랜만에 울었는데

바람이 불 때마다 엉덩이를 펄럭이는 깃발

만년설상가상

만년설 위에
야구공 108땀 실밥처럼 이어진
짐승 발자국

먹고살 게 없을 텐데
설상 가상假象
눈보라가 길을 지울 텐데

산맥을 넘어가는 새 떼의 이동 경로가
눈밭에
감광感光된 듯,

길이 사라져
다른 세상을 눈으로 쫓던 짐승이
새 그림자를 눈밭에 인화한 듯,

해탈이라는 게 뭘까

여러 번 깨달아도

내가 배때기로 기어간 길,

그림자를 못 지우는구만

사막 시편

향기를 버린 꽃
푸른색을 포기한 나무
살다 보니
살려다 보니 그리됐겠지만

마른오징어 같은 사막을
일가족이 전세 내서 살고 있다
내일 걱정은 내일 하고
걱정은 깨어 있을 때 하는,
내가 모르는 길을 가고 있다

깨달음 없이 아무것도 하지 않는 거
한다고 할 수 있는 일이 아니다
마음이 불구덩이라면
사막을 나가봐야 사막이므로

생긴 대로
생기는 대로 살면
한세상 살 만하다는

편시 막사

꽃 린버 를기향
무나 한기포 을색른푸
니보 다살
만지겠됐리그 니보 다려살

을막사 은갈 어징오른마
다있 고살 서내 세전 이족가일
고하 일내 은정걱 일내
,는하 때 을있 어깨 은정걱
다있 고가 을길 는르모 가내

거 는않 지하 도것무아 이없 음달깨
다니아 이일 는있 수 할 고다한
면라이덩구불 이음마
로므이막사 야봐가나 을막사

로대 긴생
면살 로대 는기생
는다하만 살 상세한

사막 건너기

회교 신정神政 국가의 소금 사막을 지나다
살생殺生의 더위를 피해 들어간
오아시스 내 대상인隊商人 숙소

목탁 소리에 잠 깼는데
늪에 헛디딘 포교 스님이신가
백팔번뇌하는 딱따구리인가

나가보니 베란다 끝에 매달린 대나무 풍경風磬,
그 안에 들어앉은 나무 수탉이
마른번개 맞은 거였네

불탄 대숲을 쪼는 나무 닭,
혁명 성지聖地 콤Qom에서 코브라 대가리처럼
발기 상태로 미끄러져 오는 모래 폭풍,

세상을 통째로 깨운다는 범종 소식은 뜬소문 같다
젊은 망막에 3D로 프린트했던 금빛 신기루,
영원할 줄 알았으나 점멸點滅 점멸漸滅하는 반딧불이

사랑이여

　여기는 아닌데 거기는 길까마는
　갈 수 있을 때 떠나야 한다는 게
　사막의 유일한 교통신호다

　뒤돌아보니
　낙타를 묶어놓은 곳이
　번개 맞아 부러지고 그을린 고목이었으나,

　사막 지도를 흉부 X‒레이 필름으로 보여주는
　보름달.

바다 건너기

풍 맞은 체위로 물속을 걷는다
장딴지 근육 파열 탓에
걸음마부터 시작한 재활 훈련

버터플라이 영법으로 수면을 때리는 딸아이의 어깨가
새싹 모양
돌고래 꼬리 같다

나비가 고래 등 타고 바다를 건너려는 듯

스스로 건너지 못하게 된다면, 여보
곡기 끊거나
까마귀 많던 산 중턱보다
바다로 갈 터이니

나의 고래여
물이 뭍보다 자유로울 때가 있으므로

태생이 파도 거품이었으므로

어차피 꺼질 목숨
생이 줄어도 어쩔 수 없으니
수면을 치며 솟구치는 고래야

바다를 건널 땐
낙타 배 때려 밤새 달려라.

원년, 안전선

식민지 시대 땐 안전선 위
에서 전차를 기다렸고 지금은 지하철 안전선 밖
으로 한 걸음 물러서야 한다

뒷걸음치면서 살아남는 거다
목줄 끝에서 짖고 오는
개처럼

선명할수록 악惡이다
회색 또한 다양해서
내게 잿더미 같은 평화라도 주지 않더냐

인생을 걸었다가 건지지 못한 자 한둘이 아니다
출구도 없는데 나와봐야
미로,

자기를 체벌하는 용기가 사라졌다
치욕의 바늘밥을 씹더라도 오늘도 무사히!
건너자꾸나

한 걸음 물러설 때

그들은 나를

뭐라 부르더냐

모래시계

흑해黑海 수평선이 역삼각형으로 좁아지다가
백사장에서 다시 치마폭처럼 넓어지는
석양의 모래시계 속에서
축척 1만분의 1
비율의 모래시계 여인이
한 줌 허리를 물결치며 걸어 나오는데
하체부터 파도에 녹아 내 곁을 스칠 땐 입술만 남았습니다

모래로 만든 부처님이 자기 키를 줄이면서
오아시스를 건너고 있었습니다
중생아
지옥으로 새고 있는 모래야
내 입술이 뭘 말하고 있는지 똑똑히 봐라, 혀 차면서

땀 흘리는 불

지리산 실상사實相寺가 왜 失像寺가 아니냐!
따지는 어느 시인의 말씀

살아야 하는 사람은
삶이 슬프고

나는 가장 안 아픈
늙는 일도 아픈데

약사여래는 바람만 스쳐도 아프지만
남들이 병든 게 가장 아프다

목탑지址에 태양광 등燈으로 꺼내놓은 세월호는
죽음 너머의 어둠이다

제 손목 뽑아놓고 의수義手를 끼웠다 뺐다 하는 쇠 부
처님,
제 몸 녹슬도록 땀 흘리는 강철 부처님.

기차

    너무 많은 사랑이 단풍잎 같은 차창車窓처럼 달려가 네, 보내고 싶지 않아서 길어진 기차, 뒷걸음치면서 붉그락노르락 손 떠는 나의 사랑아, 불타오르던 사랑이 당신 속을 태웠으니, 나는 피할 수 없는 세상 속으로 떠나고 그대는 길을 잃었네, 당신은 내가 사막을 건널 때 끝까지 간직한 한 줌 소금, 깨물어 오래오래 머금을수록 다디단 사랑, 후회 없는 삶은 없고 덜 후회스런 삶이 있을 뿐, 아무 말 하지 말라고 말하는 당신, 안녕

요 '艸' 모양의 삶

여윈 여자 어깨처럼 얇은 울릉도 앞바다 바위섬에
풀 한 포기
제 이름 '艸'처럼
생긴 대로 피어 있다
'艸'모양 손가락 끝의 힘으로
삶의 절벽에 매달려 있다
절실하다는 게 외로움이고
그 외로움이 움켜쥔 삶의 맹목盲目이다
제 이름처럼 자라는 풀 한 포기
그 모양 그 꼴로
살 수 없는 세상을 살아내는
여윈 여자의 얇은 어깨

사미인곡

　사랑하냐고묻지마대답하기쑥스럽잖아심수봉이,사랑
밖엔난몰라했잖아신중현이,모두사랑하네나도사랑하네
했잖아,거기에열사내가있었고나또한그대에게말을건넸
지천년을기다린말,그리하여그대이후저주스런삶이축복
이었고그때죽어도좋다고목숨걸었지그대가아니라면나는
안하는것조차아닌그냥아님,쓸모없음조차없는그냥없음
이야컷밥파주며그대와백살까지살고싶어미치겠어나쉽게
사랑에빠지는사람아니잖아이럴줄어찌알았겠어되돌아올
수없는곳은갈곳이아니라는걸,세상을잃고나서야알게됐
어거리두고계신당신,나,여기,있어요

속미인곡

그대없는세상은없을것이다그대옆에있을때나를잊는다, 세상에아무거나나아무데나는없으므로그대만있다면나는어디에서나주인공이다세상어딘가에서, 그대너무아름다워만인의여인이다나의연인아, 그대위해살았으나기실그대에의해살았노라, 세상은그대에게있고, 세월은그대로부터흘러나오나니, 나, 여기, 쭉있어요

저 세상 안쪽으로

지중해에 콩나물시루의 인구밀도로 떠 있는
흑인 무슬림

한때 유럽인이 목에 빨대 꽂아 피 마시던
꽃사슴 떼 같았다

장대 들고 다니면서
관할 수역 밖으로 익사체를 밀어내던
한강의 옛 공무원도 보였다

함께 살기 싫어도
건져놓고 나중 일인데

저쪽,
그러나 안쪽,
이라는 게 없을까

살다 보면 별게 다 있더구만

오아시스의 해바라기 두 송이

블로킹하는 배구 선수처럼 손가락 쫙쫙 펴서

어서 옵쇼

지친 낙타를 샘물 저쪽

그늘 안쪽으로

떨궈놓더구만.

피맛골 빈대떡집

물렀거라!
뒷걸음질로 물러나라는 게 아니라
길 밖으로 비켜나란 뜻이다

자전거 타고 노닐 때
비둘기가 공중부양 못 한 채
겁 지 겁 허
전족 신은 오리처럼 물러나는데

비켜나세요! 뒷걸음질 치지 말고!
저기 가는 저 나비도
虛(허)
怯(겁)
물러서는 게 아니라
비켜나면 될 일을

물렀거라! 할 때
종로 피맛골에서 빈대떡을 먹는 이것이
세월을 허송虛送하면서

막걸리 주전자처럼 찌그러지는 지혜!

늙어서도 손 놓지 못하는 게 성욕뿐일까
나는 내 애비의 빗나간 흔적이고
아들은 나를 빗나간 증거려니, 하면서

방랑자의 노래

숲을 채우는 꾀꼬리 목울대가
속 떨리는 초음파로
내가 듣지 못하는 영역에도 한세상을 선포하고 있다
이 세상 저 세상
부는 바람을 막지 못해
머물러도 떠돌아도 보았으나
가보지 않은 곳에 무엇이 있는 게 아니었다
마을이 없어도 아기는 태어나고,
어쩌다 여기까지 오게 됐을까
들어가 살 곳이 아닌 곳에서도
삶이 이어지고 있다
나의 2세여, 3세를 부탁하마
1세를 은하수에 수장水葬시키되
Joystick은 천국의 열쇠
사랑의 이름으로 문을 여시라

보름달 계수나무

어느 주정뱅이가 보았을까
보름달 속
양지바른 냇가 계수나무

가을 냇가 계수나무
둥근 잎 하나하나가
보름달인데

참새 한 마리 은하수에 앉자
보름달
한 잎 지고

까마귀 한 마리 날아가자
은하수가
우박처럼 쏟아져 내리는 초겨울

주정뱅이 추운 잠 속
빛이 있되 열량이 없는
달 항아리

미래 비전

늙어갈 뿐 죽지 않으므로
노인은 많은데 어른은 없다.
세월을 이길 수 없으므로
죽지도 않고 살지도 않는 일은 괴롭다.

아들딸아, 아빠가 요기까지밖에 못 왔다.
재수 없으면 백 살까지 살 텐데
변기에 붙어 소변을 버티는 파리처럼
쓸데없는 곳에 생 바치지 않으련다.

잘한 게 없으니
못난 걸 남기지 않으마.
물려줄 게 없다면 그림자도 남기지 않으려 한다.
수목장이면 나무에게 미안하다만 거기까지는 모르겠고.

국가는 빚내지 마라.
내 아들딸이 갚을 돈이다.
내 아들딸이 살아갈 세상은 싸우지 좀 말고
아들딸, 너희가 천둥 번개처럼 살아라.

유리 스크린 깨고 튀어나오는
호랑이처럼.

III

경청

이와 같이 들었다;
나의 태생은 천해서
정충과 난자가 이룩한 버러지였으나
짐승을 벗어난 때는
내 귀가 그대 말씀에 쏠린 이후였다고

이와 같이 들었다
첫사랑은 환각의 춤이었다고;
아이스크림 떠먹은 스푼을 입술에 물고 오래 빨던
살아 있는 인형,
나의 넋은 첫 키스에 녹아버린 것이었다고

이와 같이 들었다
상처를 딛고 깊어진 영혼으로
나의 거짓말마저 슬퍼하면서
아프게 들어준 그대;
제 몸을 녹여 진주를 만들듯이

나의 짐승 가죽까지는 아니더라도 짐승 털을 뽑아 준

그대,
　　세상을 비웃던 내가 고마운 세상을 느낀 때는
　　두 눈 똑바로 뜨고
　　그대 입술 보면서
　　귀를 연 순간이었다고

　　나는 들었다;

　　그대 입술을 포개기 전까지
　　나는 버러지 이하였다고

휴화산

감자칩처럼 떠 있는 보름달,
언제 이 산에 파도가 다녀갔는지
가장 추운 곳은 태양 가까운 봉우리다

황무지라 하지 마라
얼마나 깊이 파보았느냐
가장 뜨거운 지표면은 가장 낮은 곳이다

바위까지 녹여낸 삶의 압력 밥솥,
낙타의 혹처럼 나의 짐이 나의 양식이었으니
발바닥을 핥는 사랑이 가장 뜨거웠을 것이다

들키지 않은 사랑아
귀 기울이면 호흡이 가빠지는 상승기류여

곤충 같은 사랑

달빛 아래 채석강의 여름 바다,
효창공원 김구 선생 동상 뒤 대리석 바닥,
거미줄 쳐진 흙집,

박해를 피해 스며든 성지를 순례하면
그대여, 우리가 이미 몸을 숨겨
곤충 같은 사랑을 했던 곳입니다

독수리 절벽의 암굴,
지하 미로 개미굴,
바람 속 싱크홀,

서로를 파먹으며 절두絕頭했던
우리 눈먼 사랑의 전쟁기념관입니다

별이 불타는 밤에

해가 뜨고 있습니다
그대는 지는 해를 보고 있습니다
우리는 같은 것을 보고 있었습니다

그대 없는 세상은 없습니다
그대 사는 세상에서 다시 만나기 위해
지옥 열불 속에서 삼년상을 지냅니다

저 세상과 다른 세상은 없었습니다
멀리서 그대를 잊지 못하다
하루 종일 나 자신마저 잊었습니다

그대는 울었습니다
그러나 웃는 사람도 그대였습니다
나도 울다가 웃었습니다

해가 지는 사막을 걸었습니다
별은 오아시스에서 불타고 있었습니다
그대는 바다에서 뜨는 해를 보고 있습니다

관능

오아시스 해바라기는
반지름 천 리에 물 뿌리는 스프링클러,
내가 안 믿는 신의 한 수다

바람과 파도로 다이어트해서
칼날 두께의 몸을 지닌 동해 촛대바위 속
내가 안 믿는 신이 거기 풀 한 포기로 뿌리 내렸다

둘 넷 여섯 여덟 수많은 다리, 어떤 놈은 몸으로 기어
간 듯
새벽 사막은 내가 안 믿는 신이 밤새 제 갈 길 간 흔적
지들끼리 아는 사막의 경락經絡, 몸의 통신망 같다

삶의 미동微動
은하수 반짝이 옷 입고, 탬버린 쳐서 별을 흩뿌리는 하
느님,
관능이 여왕 중 황제

꽃

사막에서는 장미 한 송이로
에버랜드 장미축제를 연다
지평선이 한 송이를 위한 꽃받침이다

사막의 해바라기는
태평양 핵잠수함의 잠망경,
수평선이 한 송이를 위한 부력浮力이다

온몸을 가린 채 눈만 내놓은 여인의 눈빛은
빅뱅 직전의 밀도
터지고야 말 생화生花다

꽃 한 송이 보고 사막 건너온 벌 한 마리
일대일 대응으로
일생일대의 수태受胎를 고지告知한다

다시 해바라기

이 세상만 아니라면 어디라도 가자,
해서 오아시스에서 만난 해바라기
어디서 날아왔는지 모르겠으나
딱 한 송이로
백만 송이의 정원에 맞서는 존재감
사막 전체를 후광後光으로 지닌 꽃

앞발로 수맥을 짚어가는 낙타처럼
죄 없이 태어난 생명에 대해 무한 책임을 지는
성모聖母 같다
검은 망사 쓴 얼굴 속에 속울음이 있다
너는 살아 있으시라
살아 있기 힘들면 다시 태어나시라

약속하기 어려우나
삶이 다 기적이므로
다시 만날 수 있다고
사막 끝까지 배웅하는 해바라기

꽃에서 사랑까지

범고래 있는 데가 대양大洋이지만
바람을 타면
꽃에서 사랑까지 한 뼘 거리

다른 우주가 만나는 순간처럼

그랬지, 30년 전 당신을 보았을 때
나는 섰다
그것을 아는 데 30년 걸렸다

영변의 약산 진달래꽃

선제공격이다
줄 타고 내려온 거미 한 마리의 신호로
플래시 터뜨리는 꽃망울

육박전이다
산을 기어오르는 꽃
그 많은 깃발을 누가 숨겨놓았나

지하 핵 실험이다
대지를 풀썩 들었다 내려놓더니
산사태, 지상을 수놓는 불꽃놀이

내년 봄에 더 예쁠 꽃
전쟁이다
누구든 살아남으시라

비냄새

지상에 닿는 순간
제 몸 터뜨리며 증발하는 빗방울

소
신
공
양
의

물
냄
새

ㅁ
ㅜ
ㄹ

사막은 한 호흡으로 1년 치 폐활량을 들이켜고는
또다시 속 타는 잠을 잔다

대륙처럼

꼴도 보기 싫고
말도 섞기 싫어 등 돌렸다가
이불 속에서 발가락 닿아 마주 눕게 된
춥고 어두운 달빛 밤

바다와 육지를
천 겹씩 주름 잡으며 지진을 일으키지만
드나듦이 잘 포개어져
본래 한 덩어리였던 대륙처럼

암수가 몸을 감은 코브라 꽈배기 지팡이처럼
갈라진 바다가 물밀듯이 손깍지 끼듯
개기일식
천 개의 피 묻은 손처럼

세상은 소란의 자식
혁명의 시작은 기쁨
그대를 처음 만났던 사랑으로 돌아갈 때
아 씨×, 졸× 기쁘다

방사림防沙林 아래

삼나무들이 물대포 맞듯 모래 폭풍에 휘면서 대추나무를 무릎 아래에 두고 있다

금주령 때문에 더 아찔한 포도주, 늘 푸른 그늘 밑에서 시인이 신기루에 취하고 있다

졸음이 쏟아져 눈 뜨기 어려운 속눈썹 사이로 내가 지켜줄 수 없는 여린 평화가 꼬물거린다

나 못났으나, 삶은 위대한 것이므로 한 번쯤은 아름다운 세상이 삼나무 스크린에 일대기 동영상을 틀 것이다

신재생 알코올 에너지

되는 일도 없지만
딱히 할 일도 없을 때
다른 세상으로 보내주는 마약

잠시 먼 곳으로 소풍 가서
시인은 방언을 하고
여인은 사슴 눈을 달고 나온다우

뼈와 뇌의 고단함을 달래는
실신失神의 물방울,
단군 이래 증가하는 재생 에너지에 한 표!

한 글자까지가 신의 선물,
사랑조차 두 글자,
사랑조차 사람이 하기 나름

일 끝나면
새도 아닌데 날아다닐 시간
취해서 읽은 시가 아름다우므로 또 마신다우

사랑은 살아 있다는 것을
살아가야 한다는 것을 알게 해주지만,
술은 살고 있다는 것을 잊게 해준다우

태양 에너지

뒤뜰에 가꾼 상추밭
큰 잎에 가린 가녀린 것이
몸을 비틀고 손을 내밀어
직사광선 한 점 쬐고 있다
연둣빛 한 잎이 망명선船 같다

생각하는 사람처럼 45도 각도로 삐딱한 소나무
질풍노도 시절에 뿌리가 흔들렸던 듯
버팀목 괴고 있는데
배밀이 아기가 상체를 들어 올리듯
허리 꺾은 가지들이 수직 방향으로 손 내밀고 있다

여기에? 싶은 곳에 순한 사람들이 산다
슬로비디오로 총알을 피하는 영화 장면처럼
살기 위해
온몸을 비틀어
평화를 구하고자 손 내민 피난민들이다

풀잎도 뿌리 내리기 힘든 사막,

숨 쉬기 어려운 고산,
독사가 독충을 먹는 밀림,
설원이나 습지 그 어디든

상처가 아문다면
거기가 태양 아래 1번지
손 뻗으면 손잡아주는 애인처럼

승천

　활어活魚 한 마리 튀어 올라 꼬리 지느러미 근육으로
몸을 턴 뒤
　다이빙 입수하는 저물녘

　새 한 마리 수면에서 브레이크 밟아 급정거한 뒤
　물속으로 열반涅槃하는 저물녘

　물 아래 무엇이 있는지 묻지 않기로 한다
　만 명의 숨찬 삶이 있는 것

　목젖 아래로 대륙을 삼키는 저물녘
　약속의 땅이 있다고들 하나

　순한 영혼들이 있다고들 하나
　기적은 없는 것

　잠깐 조는 사이에
　피었다 지는 밤의 꽃이 있다고들 하나

밤바다 천리향

상어 떼는 등지느러미로
바다 천막 옷감을 찢어 청바지를 만드는 중

바다는 자기의 들숨과 날숨으로 물갈퀴를 만들어
해변에서 자기 몸을 손빨래 중

다들 잘 놀지만 바다의 주권은 천리향에게 있다
벌과 나비가 닿을 수 없는 바다를 지배한다

산기슭 그늘의 한 송이가 냄새로
배들을 집으로 끌고 오는 중

그저 살다

바람에 흩날리는 한 점 모래처럼
몸 벗고 행방불명된 뱀처럼

깨달음조차 끊은 곳에서
사막을 건너는 개미처럼

달 표면을 기더라도 숨 참고
살아내는 게 삶

멀리 가봐야 세상은 그러하나
삶은 또다시 새 삶

물배 채운 낙타가
대양을 횡단하는 것처럼

기러기 떼 헛가위질하듯

가위를 밀어 비단을 째듯
새 떼가 헛가위 손잡이로 하늘을 가른다

저들이 하늘을 마셨다 뿜는 힘으로
세상을 건너는 것 같기도 하다

바다가 요요처럼 드나들듯
구름이 다가왔다 멀어지듯

달빛이 광선 검劍으로 밤공기의 비늘을 쳐내 은하수에
흩뿌리는 늦여름
　내일은 상처가 없으랴만 가을이여

신부新婦 입장,
하소서

봄에 취하다

개나리 터널이
북한산에
샛노란 통발을 던져놓았네

고래를 삼키려는 식도食道인데
고추장 묻은 멸치 떼가 들락거릴 게 뭐냐

제 흉곽을 열어
산 삼키는 노란 뱀

참 시끄럽다

개나리 피었는데 또 폭설!
한 계절이 그냥 가지 않는다
뒤끝이 좀 있어

숲을 걸으면 풀벌레 소리 잦아들다
언제 그랬냐는 듯 북새판 된다
말 한 마디로 조용해질 세상이 아니다

그래, 아무리 살아봐야 가을은 익숙해지지 않지
안개 속으로 내려온 양떼구름
세상과 어긋나 자꾸 헛디디게 되지

이 산 저 산 적막강산
다들 잠든 척하지만 속으로는 바쁜 거야
좀 지나봐, 우글우글할 테니

세월이 흐른 뒤

오랜 세월이 흐른 뒤
흐른 세월을 오래 뒤돌아보니

바람 부는 세상에서
세상을 스치는 바람이 나의 집

오랜 세월이 흐른 뒤
흐른 세월을 오래 노래하리다

수초가 물결 속에 뿌리를 내리고
바람이 노래 속에 집을 짓듯이

물결무늬 사막

이 땅에 언제 파도가 왔다 갔는지
사막 전체가 물결이다
멀리서 바다였는데
다가갈수록 멀어지는 신기루
소금 사막에 묻힌 미라는
만 년간 잘 잤네

이루지 못할 약속을 할 때
우리는 다가가면서 멀어진다
우는 이유를 잊을 때까지 우는 여자여
우리는 가끔씩 울어야 한다
우주가 좁도록 세포분열하는 아메바처럼
우리는 만난 적도 없는데 한가득 헤어져 있기 때문이다

내가 아는 건
가을 숲 불꽃놀이가 끝나더라도
우리가 할 일은 봄에 꽃을 피우는 것
가장 깊은 상처의 도약
가장 뜨거웠던 입의 맞춤

할례당한 사막 고원에 핀 양귀비처럼

언제 파도가 왔다 갔는지
사막에서 바다 냄새가 난다
이루지 못할 약속을 할 때
우리는 다가가면서 멀어질지라도
봄에 할 일은
꽃을 피우는 것

머물러도 떠돌아도
무엇이 있는 게 아니지만

차창룡
(시인)

똑같은 사막에서, 똑같은 밤에, 언제나처럼 나의 피로한
눈은 저 은빛의 별을 바라보며 깨어나나, 언제나처럼 저
생명의 王들, 저 세 동방박사들, 마음과 혼과 정신은 도무
지 움직이는 일이 없다. 언제 우리는 떠날 것인가, 모래밭
을 넘어 산을 넘어 저기, 새로운 노동의 탄생을, 새로운 지
혜를, 폭군들과 악마들의 패주敗走를, 미신의 종말을 맞이
하려,— 맨 먼저!— 지상의 성탄을 경배하려!

— 아르튀르 랭보, 「지옥에서 보낸 한철」(황현산 옮김)에서

1. 직관과 비판

김중식은 예리한 칼날 같은 시선으로 세상을 꿰뚫어
바라볼 줄 알고, 바라본 대상을 독특하면서도 적확하게
해석할 줄 알고, 때로는 그것을 과감하게 비판하기도 하
며, 적당히 체념하기도 하고, 누구보다도 비관적인 듯하

나, 거기에 살짝 야유를, 아니 듬뿍 탄식이나 욕설까지를 섞어 은근하게 달관할 줄도 아는 시인이다. 그의 시를 읽으면, '그래 세상 더럽게 힘들어! 인생이란 괴로운 것이지 뭐!' 하다가 그래도 '에라 모르겠다, 아니 그래도 그것이, 아니 그것이야말로 사는 보람이지, 우리를 살게 하는 동력이지, 눈 딱 감고 살아보자, 살아나보자, 말이라도 내뱉고 보니 시원하다' 하고 감탄하거나 오히려 힘을 얻게 된다.

시인 김중식은 1993년 『황금빛 모서리』(문학과지성사)라는 시집으로 한국 시단에 신선한 바람을 일으켰다. 그의 시는 매우 실험적인 듯하면서도 시의 전통을 버리지 않았고, 시의 본령을 지키면서도 자유로웠다. 구어체가 주류인 듯하면서도 문어체도 근사하게 구사하였고, 서정적이면서도 풍자적이고, 격정적이다가 자조적이다가 냉정해지거나 차분해지기도 하는, 스펙트럼이 넓은 세계로 각광을 받았다.

난 원래 그런 놈이다 저 날뛰는 세월에 대책 없이 꽃피우다 들켜버린 놈이고 대놓고 물건 흔드는 정신의 나체주의자이다 오오 좆같은 새끼들 앞에서 이 좆새끼는 얼마나 당당하냐 한 시대가 무너져도 끝끝내 살아 남는 놈들 앞에서 내 가시로 내 대가리 찍어서 반쯤 죽을 만큼만 얼굴 붉히는 이 짓은 또한 얼마나 당당하며 변절의 첩첩 山

城 속에서 나의 노출증은 얼마나 순결한 할례냐 정당방위
냐 우우 좆같은 새끼들아 면죄를 구걸하는 告白도 못 하
는 씨발놈들아

──「호라지좆」 전문

　정제된 언어가 아니라 싸움판에서나 오갈 욕설이 나
오고 거침없는 폭언과 야유가 시의 전체를 감싸고 있다.
나는 무능하다는 자학으로부터 시작하지만, 그래도 기
회주의자나 위선자에 비해서는 얼마나 당당하냐고 반문
하면서 면죄를 구걸하지도 못하는 소위 잘나가는 놈들
에게 신나게 쏘아주는 시인의 욕 폭탄 앞에서 독자들은
시원한 카타르시스를 느낀다. 시의 본령으로부터 가장
멀리 떨어진 곳에서 오히려 시의 본령을 만들어내는 시
인의 능력은 어디에서 오는가? 그것은 쉽게 놓치기 쉬
운 부분을 기막히게 포착하는 관찰력과 그것을 뛰어난
직관으로 비유하고, 다시 우리 삶의 법칙으로 번역해내
는 예리한 해석에 있다. "우리는 대화할 때 상대의 말을
지나치면서, 그러나 고개는 끄덕이면서 자기 이야기만
열심히 구상한다"(「행복하게 살기 위하여」)라는 대목에
서 자신도 그랬음에 뜨끔해지고, "외롭다 어느 날부터/
사람을 벗어나면 외롭지 않다"(「어느 날부터」)라는 대목
에서는 군중 속에 사는 현대인의 고독을 바라보는 시인
의 통찰에 동감하게 된다.

그의 시에는 어딘지 모르게 젊은이답지 않게 달관해버리거나 관조적인 자세도 보였던바, 그건 시인이 날카로운 직관을 통해 세상의 허무를 일찌감치 알아버렸기 때문인지도 모른다. "단 한 번 궤도를 이탈함으로써 두 번 다시 궤도에 진입하지 못할지라도 캄캄한 하늘에 획을 긋는 별, 그 똥, 짧지만, 그래도 획을 그을 수 있는, 포기한 자 그래서 이탈한 자가 문득 자유롭다는 것을"(「이탈한 자가 문득」) 발견했기 때문이었을까? 그가 시작에 대한 열정을 버리고 과작했던 것은 시인으로서 너무 일찍 조숙했기 때문인지도 모르겠다.

거의 25년 만에 김중식이 새로운 시집을 들고 돌아왔다. 도대체 어떤 모습일까?

2. 지옥과 천국

김중식의 이번 시집은 단테 알리기에리의 『신곡(神曲, *Divina Commedia*)』의 구조를 닮았다. 단테의 『신곡』은 시인 자신이 체험한 지옥과 연옥, 천국에 대한 기록이다. 예수가 처형당한 날을 기리는 성聖 금요일 전야, 나약한 인간에 불과한 단테라는 시인 앞에 로마의 시인 베르길리우스가 나타나 영원의 세계로 안내해주겠다고 약속한다. 그리하여 그들은 피비린내 진동하고 소름 돋는 아우

성으로 가득한 지옥에서 사흘을 보내게 되는데, 김중식의 새 시집의 1부가 바로 『신곡』의 지옥의 세계와 비견된다.

기실 모든 창조적인 사상은 비관悲觀으로부터 출발한다. "태어남도 괴로움이요, 늙음도 괴로움이요, 죽음도 괴로움이다. 슬픔, 비관, 육체적 고통, 정신적 고통, 절망도 괴로움이다. 좋아하지 않는 것과 만나는 것도 괴로움이요, 사랑하는 것과 헤어지는 것도 괴로움이다. 원하는 것을 얻지 못하는 것도 괴로움이다. 요컨대 오취온伍取蘊이 괴로움이다"(「초전법륜경」, 『쌍윳따니까야』). 붓다는 비관으로부터 창조적인 사상을 이끌어낸 대표적인 인물이다. 그의 출가 자체가 비관으로부터 시작되었다. 그는 병든 사람과 늙은 사람, 죽은 사람을 만나고는 왜 모든 사람은 결국에 병들고 늙고 죽는 고통을 겪어야 하는지 깊은 고뇌에 빠졌다. 그러다가 출가 수행자를 만나 출가 수행이 곧 병듦과 늙음과 죽음의 고통으로부터 벗어나는 길을 모색하는 구도행求道行임을 알고 출가하게 된다. 붓다가 깨달음을 얻은 직후 가장 먼저 설한 내용이 바로 사성제四聖諦와 팔정도八正道이다. 사성제의 고苦와 집集이 살아 있는 것의 실존을 말한다면, 멸滅과 도道는 그 실존의 문제를 해결하는 길을 담고 있다.

병듦과 늙음과 죽음이 괴로움이라는 것은 알겠는데, 태어남은 왜 괴로움인가? 태어나자마자 병듦과 늙음과

죽음을 향해 달려가기 때문이다. 거기에 붓다는 우리들
이 살아가면서 누구나 겪게 되는 괴로움으로 좋아하지
않는 것과 만나는 것, 사랑하는 것과 헤어지는 것, 원하
는 것을 얻지 못하는 것 등을 제시한다. 그러고는 요컨
대 오취온이 괴로움이라고 뭉뚱그려 선언한다. 오취온
은 색수상행식色受想行識을 말하는 것으로, 곧 우리 몸과
마음을 구성하는 요소이다. 다시 말해 우리 몸과 마음이
있다는 것 자체가 괴로움이라는 뜻이다. 따라서 생로병
사의 괴로움과 미워하는 것을 만나는 괴로움, 사랑하는
것을 만나지 못하는 괴로움, 원하는 것을 얻지 못하는
괴로움이 모두 오취온의 괴로움에 포함된다. 몸과 마음
이 있다는 것 자체가 괴로움이라니, 그리하여 이 세계는
그야말로 괴로움의 바다, 즉 고해苦海이다. 참으로 비관
적인 사상인 것처럼 보이지만, 그 해결까지를 얘기했기
때문에 불교는 비관론이라 할 수 없다. 김중식의 경우는
어떠한가 살펴보자.

　김중식의 이번 시집의 1부는 이 세계를 '지옥'이라고
본다. 붓다가 이 세계를 괴로움의 바다로 본 것과 유사
하다 하겠다.

로으름이의신

,상세한헌봉이들사천

데인팩닐비空眞공진한폐밀후균살

112

가뗴기더구
다있고먹파를뇌
까을있수할원구를너
까을있수을받원구가내
가다자서에텔모고먹술
간순는뜨눈아같거는듬더날가누
라놀큼만나
는하퓌을몸로으같바대침며내리소음신
냐구누너
나의속울거—
는하러테살자이들사천
서소마지루이에상지을뜻의늘하
서소마지오리이니테갈로기거가리우,여이신
서소하듯본못,여주
—「철한낸보서에국천」 전문

이 시는 거꾸로, 띄어쓰기를 하지 않고 수록되어 있
다. 이를 읽기 쉽게 바르게 뒤집어서 보면 다음과 같다.

신의 이름으로
천사들이 봉헌한 세상,
살균 후 밀폐한 진공眞空 비닐팩인데
구더기 떼가

뇌를 파먹고 있다

너를 구원할 수 있을까

내가 구원받을 수 있을까

술 먹고 모텔에서 자다가

누가 날 더듬는 거 같아 눈 뜨는 순간

나만큼 놀라

신음 소리 내며 침대 바깥으로 몸을 피하는

너 누구냐

——거울 속의 나

천사들이 자살테러하는

하늘의 뜻을 지상에 이루지 마소서

신이여, 우리가 거기로 갈 테니 이리 오지 마소서

주여, 못 본 듯하소서

　어떤 창세신화에 따르면 이 세상은 신의 뜻에 의해 완벽하게 설계된 낙원이었다. 신의 이름으로 천사들이 봉헌한 세상도 비슷한 맥락일 것이다. 이를 김중식은 "살균 후 밀폐한 진공眞空 비닐팩"에 비유한다. 그럼에도 불구하고 도저히 오염될 수 없을 것 같은 진공 비닐팩에서 구더기 떼가 생겨 뇌를 파먹듯, 신의 낙원도 오염되어 인간은 죄인이 되었다. 죄인이다 보니, 술 마시고 모텔에서 자다가 옆에 인기척을 느끼고 일어나서는 거울 속의 자신을 보고 놀라게 된다.

천사들은 왜 자살테러할까? 신의 뜻이 지상에 제대로 안착하지 못하고 있기 때문일 것이다. 이는 이슬람 근본주의자들이 자살테러하는 것을 비유한 것인지 모르겠다. 그리하여 시인은 신에게 "하늘의 뜻을 지상에 이루지 마소서"라고 요청하기에 이른다. 이 말은 그다음 구절에서 재미있는 반전을 이룬다. "신이여, 우리가 거기로 갈 테니 이리 오지 마소서"는 천국은 하늘에 어울리는 것이어서, 천국을 지상에 세우는 것은 부작용만 낳을 뿐이라는 절규이기도 하다.

이 시는 샤를 보들레르와 함께 현대시의 선구자라고 할 수 있는 아르튀르 랭보의 연작시 〈지옥에서 보낸 한철〉의 제목을 바꾸어 이용했다. 〈지옥에서 보낸 한철〉이 서구 문명을 비판한 것을 상기할 때, 천사들이란 곧 문명인들을 말하고 지상에 건국한 천국은 우리 문명인들이 만들어놓은 천국이란 이름의 지옥이라고 하겠다. 우리가 만들어놓은 세상이 일종의 지옥이라는 인식은 김중식의 첫 시집에서부터 보인다. 『황금빛 모서리』에 실린 시 한 편을 보자.

둘레 전체가 입구이지만
출구는 외길의 북망산, 사막은
들어가기는 쉽지만 나오기는 어렵다는 점에서
탄생 혹은 홍수, 호흡은

쉼 없는 저주 또는 물고문, 지붕이

안테나와 속도가 그 위에

욕망과 전염병이

江岸을 확장하며 떠내려간다 사람이

익사하고 더러는 더 일찍 익사하는 곳

건져지고 싶다

아니, 홍수가 大勢라면

나보다 괴로운 것 많나니

많은 쪽에 휩쓸리고 싶다.

—「홍수」 전문

이 시에서 홍수는 홍수만이 아니라 우리 삶의 은유이
다. 우리들도 누구에게서나 태어날 수 있는 가능성이 있
지만, 일단 한번 태어나면 사실상 삶의 방향은 어느 정
도 정해지게 되며, 죽기 전까지는 삶이 가는 길을 거부
할 수 없다. 그런 의미에서 한번 들어가면 쉬 나올 수 없
는 사막과 같으며, 홍수가 난 강물 속으로 들어간 것과
같다. 그리하여 호흡은 쉼 없는 저주요 물고문과 같은
것이다.

엄청난 물의 근육이 인간이 만든 집의 지붕과 안테나
와 속도와 욕망과 전염병을 강제로 틀어쥐고 떠내려가
는 모습을 시적 화자는 관조적으로 바라보고 있거나, 어
쩌면 그 물결 속에서 상당한 고통을 겪으며 떠내려가고

있는지도 모른다. 그래서 화자는 사람들이 익사하는 것을 바라보는데, "더러는 더 일찍 익사하는 곳"이 바로 이 '지옥'이라고도 통찰한다. '더 일찍 익사한다'는 것은 물에 빠져 익사하는 것이 아니라 속도나 욕망이나 전염병이라는 홍수에 더 일찍감치 빠져 죽는다는 것을 의미한다. 화자는 거기에서 건져지고(구원되고) 싶어 한다. 아니, 화자는 시의 말미에서 "홍수가 大勢라면/나보다 괴로운 것 많나니/많은 쪽에 휩쓸리고 싶다"라고 말함으로써 '건져지고 싶다'는 희망을 뒤집는다. 이 부분에서 우리는 홍수가 그냥 홍수가 아님을 짐작한다. "나보다 괴로운 것 많나니"는 애매한 표현인데, 홍수와 '나'가 비교의 대상이 되었음을 알 수 있다. 홍수도 괴로움이요, 나도 괴로움인데, 홍수가 지붕과 안테나와 욕망과 전염병을 싣고 떠내려가는 일종의 '문명의 흐름'이라면, '나'는 거기에 대항하면서 온갖 고통을 안고 있는 일종의 '저항의 흐름'이다. 화자는 "홍수가 大勢라면 [……] 많은 쪽에 휩쓸리고 싶다"라고 포기 선언을 한다. 물론 '포기 선언'은 역설적이다. 역설적이라는 것은 '포기'하는 것이 화자의 마음임을 넘어서 문명에 저항하면서도 혜택을 입고 있는 '우리'의 마음이기 때문에 포기 선언이 일종의 저항의 선언이기도 하다는 뜻이다.

  지난 시집부터 이어진 이러한 '지옥 인식', 곧 고苦에 대한 인식이 이번 시집에도 상당한 비중을 차지한다. 시의 화자들은 "미친 시대가 하필 우리의 전성기"(「자유종 아래」)였음을 자각하고 있으며, "잘못 건드린 죄 하나로 벌받는 느낌/經이 말씀대로 이룬 일은 지옥밖에 없음"(「랜섬웨어 바이러스」)을 깨달았으며, "되고 싶다고 되는 것도 아니고/아무 짓도 안 했는데/서로가 서로를 혹사하는 삶이"(「지구온난화」) 곧 우리의 삶이라고 말한다. 또 "돌아누운 부부처럼/세월 곁에 죽음이/죽음 곁에 소란한 고요가/떨어지면 쩍 하고 소리 나는/나무젓가락처럼 붙어 있다"(「보험사寺」)고 묘사하며, 그리하여 "지상에 세운 천국은/팝업 그림책으로 벌떡 일어서는 병풍 지옥도"(「1394 is 주체」), "나만 다스리면 될 것 같은데,/나는/난리도 아니다"(「난리도 아닌 고요」)라고 탄식하며, "먼 곳에도 다른 세상"(「도요새에 관한 명상」) 없는 걸, "얼마나 잘 살겠다고 갱생씩이나 하나,/믿지 않으니 다시 태어나지는 않을 테고/좀더 놀자, 발 질질 끌며"(「금연 포기」) 담배를 계속 피운다. 한편 오후 4시의 아파트는 "없이 사는,/없는 것처럼 사는,/風 맞은 이들의 재활원"(「아파트 오후 4시」)이며, "세상이 아니라 사는 게 더러운 것"(「때수건이 열리는 물오리나무」)이고, "안개비 속에서 불꽃 튀기며 철교를 뚫고 나오는 증기기관차는 자기의 기관을 밖으로 드러낸 채 달리는 육중肉重, 고깃덩어리다"(「비, 스피드, 그리고 대서부열차」)라고 직관한다. 광고용 키다리 풍선 인형을 보고는 "무

118

릏 끓었다 화들짝 일어서는 게/통성기도를 할수록 버림
받는 자세다"(「키다리 풍선 인형」)라고 인식하며, "자식
은 나쁜 것보다 더 나쁜 자식이다"(「파자破子」)라고 통
찰하기도 한다.

> 졸아붙어 바닥을 태우는 냄비처럼
> 살 수는 없는 일,
> 먼 길이 두려운 게 아니다
> 잃어버릴 게 많아서다

> 체질까지 바뀌어
> 더운 날엔 땀 나고
> 올챙이배가 무덤 같아서
> 팔짱을 올려놓는 나른한 오후

> 2단 로켓이 점화되기 직전
> 허공에 부동자세로 떠 있는 대륙간탄도미사일처럼
> 가면 가겠지만
> 대기권에 재진입할 수 있을지 모르겠다는 것이다

> 혁명이 아니면 사치였던 청춘
> 뱃가죽에 불붙도록 식솔과 기어온 생
> 돌아갈 곳 없어도 가고 싶은 데가 많아서

안 가본 데는 있어도 못 가본 덴 없었으나

독사 대가리 세워서 밀려오는 모래 쓰나미여,
바다는 또 어느 물 위에 떠 있는 것인가
듣도 보도 못 한 물결이 옛 기슭을 기어오르고
두 눈은 침침해지고 뵈는 건 없는데

온다는 보장 없이 떠나는 건 나의 몫
신마저 버린 땅은 없으므로 풀잎은 노래한다
온몸을 떨었어도 그대 오지 않았듯이
더듬어 돌아올 길이 멀어지는 게 두려울 뿐.
　　　　　　　　　　　―「그대는 오지 않고」 전문

　화자는 먼 길을 떠나려는 참인 듯하다. 먼 길을 떠나
는 이유는 "졸아붙어 바닥을 태우는 냄비처럼/살 수는
없는 일"이기 때문이다. 그럼에도 걱정되는 것이 있는
데, 그것은 "먼 길이 두려운 게 아니"고 "잃어버릴 게 많
아서다". 먼 길을 떠날 때 현재 가지고 있는 것을 대부분
버리고 갈 수밖에 없기 때문에, "잃어버릴 게 많아서다"
라고 한 것이다.
　2연은 화자가 나이 들었음을 말해준다. 젊은 시절엔
그렇지 않았을 텐데, 나이가 들어서 날씨가 더우면 땀이
많이 나고 배도 나오고 한 것 같다. 그대를 기다리다가

오후 시간이 다 가고 있을 때였다. 3연은 떠나는 것의 두려움을 다시 한번 토로한다. 첫 시집에서 "포기한 자 그래서 이탈한 자가 문득 자유롭다는 것을" 깨달았으나, 이탈 이후 "두들겨 매맞아야 몸이 편할 것 같다며 머리카락 쥐어뜯으며 어찌해야 기억을 지울 수 있느냐 나는 왜 뻔뻔스러워지지 못하느냐 울부짖으며"(「이탈 이후」) 괴로워했던 것을 생각하지 않더라도, 멀리 떠나는 것에 대한 두려움은 누구에게나 클 수밖에 없다. 그런 떠남은 젊은 시절 혁명을 부르짖었던 것과 유사하다. 혁명은 지금의 환경으로부터 멀리 떠나는 것이다. 청춘 시절에는 혁명이 두렵지 않았을 것이고, 오히려 혁명 아닌 것은 사치였을 텐데, 이후 식솔들과 함께 기어온 생은 혁명으로부터 멀어졌다. 그러니 멀리 떠나는 것이 두려운 것은 당연한 일이다.

그 두려움이 5연에 잘 그려져 있다. 두려움은 "독사 대가리 세워서 밀려오는 모래 쓰나미"로 비유되었으며, 쓰나미가 밀려오니 바다마저도 어느 물 위에 떠 있는지 분간하기 어려워진다. "듣도 보도 못 한 물결"은 떠나야 할 그 먼 곳의 비유일 터, 그것이 나의 터전이었던 '옛 기슭'을 기어오르게 한다.

마지막 연은 희망의 노래이다. "온다는 보장 없이 떠나는 건 나의 몫"이지만, "신마저 버린 땅은 없으므로" 그래도 떠나야겠다고 생각한다. 어쨌든 화자가 떠나는 먼 길은 '여행'이다. 여행은 돌아오는 것을 전제로 한다. 어쩌면 잘 돌아오는 것, 더 발전해서 돌아오는 것이 여행의 목표이다. '그대가 오지 않은 것'이 두려움이었듯이 '돌아올 길이 멀어지는 것'을 염려함은 여전히 먼 길을 떠나는 화자의 목표가 '돌아오는 것'임을 말해준다.

그런데 '지금 이곳'이 지옥이라면 떠난 후에는 돌아오지 않는 것이 더 좋지 않을까? 그럼에도 김중식은 돌아오는 것을 전제로 하고 있다. 이는 김중식이 이번 시집을 통해 지금 이곳이 그저 지옥인 것만은 아니라고 암시하고 있음이다.

3. 사막 혹은 바다

이 시집의 2부는 '사막' 이미지가 주류를 차지하고 있으면서, 간간이 '바다' 이미지도 등장한다. 1부가 온갖 악과 후회와 비참이 들끓는 지옥이라면, 2부는 그야말로 적막강산인 사막과 바다 이미지, 도대체 끝이 보이지 않는 세계이다. 이 세계가 『신곡』의 연옥을 닮았다고 단정할 수는 없지만, 『신곡』이 지옥을 지나 연옥을 거쳐 천국의 세계로 가듯이, 이 시집은 1부의 지옥 이미지를 지나 3부로 가기 전 2부의 사막과 바다 이미지를 거친다.

향기를 버린 꽃
푸른색을 포기한 나무
살다 보니
살려다 보니 그리됐겠지만

마른오징어 같은 사막을
일가족이 전세 내서 살고 있다
내일 걱정은 내일 하고
걱정은 깨어있을 때 하는,
내가 모르는 길을 가고 있다

깨달음 없이 아무것도 하지 않는 거
한다고 할 수 있는 일이 아니다
마음이 불구덩이라면
사막을 나가봐야 사막이므로

생긴 대로
생기는 대로 살면
한세상 살 만하다는
                                              ―「사막 시편」 전문

1연은 우리들 자신의 모습이다. 우리는 본래 가지고
있었던 향기를 버리고 산다. 푸른색도 포기하고 산다.

살다 보면, 안간힘을 쓰다 보면 향기는 약해지고, 푸른 색마저 거추장스러워진다. 그렇게 내 본성을 포기한 모습이 곧 '사막'이다.

비유하면 그 사막은 '마른오징어' 같단다. 그 사막을 일가족이 전세 내서 살고 있다면, 그 사막은 '가정家庭'의 비유이다. 일가족 또는 '나'는 "내일 걱정은 내일 하고,/걱정은 깨어 있을 때 하는" 그런 방식으로 살고 있다. 내일 걱정은 내일 한다는 것을 긍정적으로 해석하여 오직 현재에만 충실하다는 뜻으로 볼 수도 있지만, 여기서는 오직 현실에만 급급하다는 뜻으로 읽힌다. 걱정은 깨어 있을 때만 한다는 것도 같은 뜻으로 읽힌다. "내가 모르는 길을 가고 있다"는 것은 스스로 목적지나 방향을 모르는 채로 그냥 길을 가고 있다는 뜻이다.

이 사막에서 내가 할 수 있는 일이란 "깨달음 없이 아무것도 하지 않는 거", 왜냐하면 "한다고 할 수 있는 일이 아니"기 때문이다. 이 문장에서 화자가 하고 싶은 일이 드러난다. 그것은 '사막을 나가는 일'이다. 그러나 사막을 나가는 일은 불가능하다. 왜냐하면 "마음이 불구덩이"이기 때문이다. 마음이 불구덩이라면 사막을 나가봐야 사막이기 때문이다.

마지막 연은 체념이다. "생긴 대로"는 과거의 업(業, karma)이고, "생기는 대로"는 현재 짓는 업이다. 엄밀히 말하면 체념할 필요도 없이, 우리는 '생긴 대로' '생기는 대로' 살게 되어 있다. 그런데 '체념'의 정서를 대변하는 '살면'이라는 가정의 의미를 넣으니, "한세상 살 만하다는" 긍정적인 결론에 도달한다. 사막도 체념하고 살면 그런대로 '살아진다'는 의미가 될 것이다.

사막은 그렇다. 끝이 보이지 않는다. 가도 가도 모래 언덕뿐, 벗어날 길이란 도대체 보이지 않는다. 그런데 아예 사막에 둥지를 틀고 사는 사람들도 있다.

세상일이 헛돌아
한 번쯤 등질 수는 있겠으나
가서, 왜 안 나오는 걸까
나는 사막보다 거기 사는 사람들에게 혹했다

살 곳이 아닌 데서 사는 것은
가까이 오지 마!
건드리지 말라는 뜻 같아서
멀리서 지켜본 공작새 일가 一家

가시덤불에서 찾아낸,
공복을 채울 수 없는 벌레 한 마리를
새끼 입에 넣어주는데
먹고산다는 건 한 끼 한 끼가 빅뱅이다

못 볼 꼴을 봐도 백 번을 목격하는 공작새

하나가 아프면 백 개의 눈깔이 다 아프다

더러운 세상을 피해 다녔으나

더러운 세상을 버릴 수 없는.

　　　　　　　　　　　　—「이 더러운 세상」 전문

　사실 이 시는 '사막'에 관한 시라기보다는 그 사막을
바라보는 '공작새 일가'의 이야기, 아니 공작새 일가의
가장인 화자 자신의 이야기라고 하겠다. 화자가 생각하
기에 사막이란 특별한 공간은 세상일이 헛돌아 세상을
등지고 한 번쯤 들어가볼 수 있는 곳쯤으로 여겨진다.
그런데 사막에 사는 사람들은 평생을 그곳에서 산다. 그
래서 그는 "사막보다 거기 사는 사람들에게 혹했다"고
하는 것이다.

　살 만한 곳이 아닌 곳에서 사는 것은 마치 "가까이 오
지 마!"라고 경계하는 것처럼 보인다고 화자는 말한다.
이를 멀리서 지켜보는 공작새 일가! 이 공작새 일가는
왠지 사막의 나라 이란으로 가서 산 적이 있는 시인의
가족을 말하는 것 같기도 하다. 아무튼 공작새는 가시덤
불에서 찾아낸 벌레 한 마리를 새끼 입에 넣어준다. 그
러고는 "먹고산다는 건 한 끼 한 끼가 빅뱅이다"라고 슬
프게 읊조린다.

　아마도 공작새는 '더러운 세상'을 피해 여기까지 왔

을 것이다. 그러나 공작새는 "못 볼 꼴을 봐도 백 번을 목격"하게 된다. 과거에 목격한 것이 아니라 지금 현재 못 볼 꼴을 보고 있다는 것이다. 결국 공작새는 "더러운 세상을 피해 다녔으나/더러운 세상을 버릴 수 없는" 일종의 '사막'의 법칙에서 자유롭지 못하다. 벗어나도 벗어나도 벗어나지 못하는 끝없는 사막, 그것은 벗어날 수 없는 현실이요, 윤회輪廻의 굴레다.

이 '벗어날 수 없음'의 이미지가 이 시집의 상당 부분을 차지하고 있다. "다른 생은 없고/다들 살고 있더라"(「노아의 방주」), "사는 게 별거더냐/다 똑같으므로 그냥 내버려두면 되는데"(「바람의 묘비명」), "어디서 왔는지 알게 된다면/어디로 가야 할지 알게 될 것 같아서/여기까지 오긴 했는데"(「만신전」), "여기는 아닌데 거기는 길까마는"(「사막 건너기」), "나는 피할 수 없는 세상 속으로 떠나고 그대는 길을 잃었네"(「기차」), "머물러도 떠돌아도 보았으나 무엇이 있는 게 아니었다"(「방랑자의 노래」), "먼 곳에도 다른 세상 없는데"(「도요새에 관한 명상」) 당연히 체념하는 것이 현명할 것이다. 실제로 이 시집의 상당 부분은 체념의 자세를 표하고 있다.

그런데 그 체념이 사실상 완벽한 포기는 아니었으며, 사막이 곧 절망의 공간은 아니었다.

「바람의 묘비명」이란 시에서 〈낙타 여인숙〉 주인은 사막에서 사는 이유는 거기서 태어났기 때문이라고 말

한다. 그곳에서 시인은 "사막에 사람이 없는 게 아니라/ 사람 없는 곳이 사막"임을 깨닫는다. 이는 대단히 중요한 발견이다. 사람이 없는 것이 사막이고, 사람이 있다면 사막도 사막이 아니라 삶의 공간이라는 깨달음이다. 결국 김중식이 줄기차게 이미지화한 그 끝없이 펼쳐지는 사막은 삶의 공간이자 희망의 공간이 될 수 있음이다.

그러므로 사막은 우리가 나아갈 길을 가로막는 거대한 장애물이 아니다. '사막 건너기'가 가능해지는 이유다.

> 여기는 아닌데 거기는 길까마는
> 갈 수 있을 때 떠나야 한다는 게
> 사막의 유일한 교통신호다
>
> 뒤돌아보니
> 낙타를 묶어놓은 곳이
> 번개 맞아 부러지고 그을린 고목이었으나,
>
> 사막 지도를 흉부 X-레이 필름으로 보여주는
> 보름달.
>
> ─「사막 건너기」 부분

"여기는 아닌데 거기는 길까마는"이라는 발언은 피안彼岸에 대한 확신이 부족함을 말해준다. 그럼에도 화자

는 "갈 수 있을 때 떠나야 한다는 게/사막의 유일한 교
통신호다"라고 말하면서 의지를 다진다. "뒤돌아보니/
낙타를 묶어놓은 곳이/번개 맞아 부러지고 그을린 고목
이었으나"는 낙타를 탈 수 없다는 것인지 명확하지 않
다. 그러나 마지막 연은 희망으로 충만하다. "사막 지도
를 흉부 X-레이 필름으로 보여주는/보름달"은 길을 가
는 데 훌륭한 안내자가 될 것이기 때문이다.

「바다 건너기」도 「사막 건너기」와 같은 맥락의 시다.
화자는 장딴지 근육 파열 탓에 재활 훈련을 하고 있다.
그러다가 재활에 성공하지 못하면 그는 "곡기 끊거나/
까마귀 많던 산 중턱보다/바다로" 가겠다고 말한다. 곡
기 끊는다는 말은 스스로 목숨을 끊겠다는 말이 되고,
바다로 가겠다는 것은 목숨이 끊어진 후 산속에 묻히는
것이 아니라 바다에 버려지겠다는 뜻이다.

　　　태생이 파도 거품이었으므로
　　　어차피 꺼질 목숨
　　　생이 줄어도 어쩔 수 없으니
　　　수면을 치며 솟구치는 고래야

　　　바다를 건널 땐
　　　낙타 배 때려 밤새 달려라

　　　　　　　　　　　　　—「바다 건너기」 부분

태생이 파도 거품이라는 것은 인간이란 어머니의 양수 속에서 목숨이 시작함을 말한다. 거품이 언젠가는 꺼지듯이 꺼질 목숨이니, 생이 줄더라도 개의치 말고 바다를 건너라는 주문이다. 그런데 바다를 건너는 수단이 재미있다. "낙타 배 때려 밤새 달려라"라는 주문은 바다를 건널 때 오히려 사막을 건너는 방법을 사용하라는 것이다.

사막이나 바다나 망망하기는 마찬가지다. 넓게 트여 있지만, 가도 가도 사막인 곳에서, 가도 가도 바다인 곳에서 도대체 어디를 간단 말인가? 김중식의 첫 시집에서는 출구가 쉽사리 보이지 않았는데, 이번 시집도 쉽게 보이는 것은 아니지만 그 출구가 있음은 분명한 듯하다. 바다 건너기나 사막 건너기가 마찬가지이지만, 사막을 건너려니 보름달이 사막의 지도를 보여주었고, 바다를 건너려니 사막의 교통수단인 낙타가 대기하는 형국이다.

이제 김중식은 "치욕의 바늘밥을 씹더라도 오늘도 무사히!/건너자꾸나"(「원년, 안전선」)라고 말하며, "당신은 내가 사막을 건널 때 끝까지 간직한 한 줌 소금"(「기차」)이라고 말하는데, 아무래도 소금은 '사랑'의 은유인 듯싶다. 그것은 울릉도 앞바다 바위섬에 자라난 풀 한 포기와 같아서, "살 수 없는 세상을 살아내는/여윈 여자의 얇은 어깨"(「요 '艸' 모양의 삶」)여서 위태롭지만 아름답

고도 끈질긴 생명력이다. 「사미인곡」이나 「속미인곡」처럼 죽도록 사랑하다 보면 사막 한가운데서 오아시스를 만나기도 한다.

4. 삶과 사랑

단테는 베르길리우스를 보내고 천국으로 오르기도 전에 꿈에 그리던 연인 베아트리체를 만난다. 이제부터는 시인 베르길리우스가 아니라 연인 베아트리체가 천국으로 인도한다. 이는 천국이 사랑으로 가득 찬 세상임을 암시하는 대목이기도 하다. 김중식의 이번 시집의 3부 또한 사랑의 노래이다.

이와 같이 들었다;
나의 태생은 천해서
정충과 난자가 이룩한 버러지였으나
짐승을 벗어난 때는
내 귀가 그대 말씀에 쏠린 이후였다고

이와 같이 들었다
첫사랑은 환각의 춤이었다고;
아이스크림 떠먹은 스푼을 입술에 물고 오래 빨던

살아 있는 인형,

나의 넋은 첫 키스에 녹아버린 것이었다고

이와 같이 들었다

상처를 딛고 깊어진 영혼으로

나의 거짓말마저 슬퍼하면서

아프게 들어준 그대;

제 몸을 녹여 진주를 만들듯이

나의 짐승 가죽까지는 아니더라도 짐승 털을 뽑아 준

그대,

세상을 비웃던 내가 고마운 세상을 느낀 때는

두 눈 똑바로 뜨고

그대 입술 보면서

귀를 연 순간이었다고

나는 들었다;

그대 입술을 포개기 전까지

나는 버러지 이하였다고

—「경청」전문

이 시는 "이와 같이 들었다(如是我聞, evam me sutam,

evaṃ mayā śrutam)"라는 불교 경전의 첫머리를 이용하여 시작하고 있다. 팔리어 "evam me sutam"이나 산스크리트어 "evaṃ mayā śrutam"을 더 엄밀하게 번역하면 "이와 같이 나에 의해 들려졌다"라는 수동 문장이 된다. 이 문장은 불교의 경전들이 자신의 주관적인 해석이 전혀 들어가지 않은, 들은 그대로 전한 객관적인 내용임을 강조한 정형구라 할 수 있다. 그런데 김중식은 객관성을 강조한 정형구를 이 시에서 네 번이나 사용한다. 이 정형구를 사용한 의미를 생각해본다.

첫째, "이와 같이 나는 들었다"라는 종교의 성전어聖典語를 씀으로써 이 시의 내용은 지극히 성스러운 것임을 강조하고 있다.

둘째, 이 시의 내용은 자신의 생각이 아니라 객관적 진실임을 강조한다.

셋째, "(이와 같이) (나는) 들었다"를 네 번이나 반복한 이유는 '경청'이 참으로 소중하다는 것을 강조하는 면도 있다.

넷째, 이 시의 내용을 전해준 누군가가 있음을 암시한다. 그러나 이 시에서 그가 누구인가는 내용상 문제 삼을 필요가 없다. 따라서 위 세 가지 의미를 중심으로 이 시에 대해 논하기로 한다.

"나의 태생은 천해서/정충과 난자가 이룩한 버러지였으나"는 랭보가 자신의 태생을 천하다고 한 것을 연상

시킨다. 그렇게 천한 존재였으나 지금은 짐승을 벗어났으니 그것은 "내 귀가 그대 말씀에 쏠린 이후였다". '그대 말씀'이라고 한 대목에 주목할 필요가 있다. 일반적인 연인 사이라면 '그대의 말' 정도로 표현할 텐데, '그대 말씀'이라고 표현한 것은 곧 '그대의 말'에 성스러움을 부여한 것이다. 이는 "이와 같이 들었다"라는 성전어와 잘 어울린다.

2연의 내용은 지극히 주관적이다. 사랑에 빠진 이의 전형적인 착각과 같은 것이라고 할 수 있겠다. 그럼에도 불구하고 "이와 같이 들었다"라는 정형구에 의해 그 주관적인 내용은 성스러운 경전의 내용과 동격이 된다.

3연은 나의 말을 잘 들어준 '그대'에 관한 내용이다. 그대는 "상처를 딛고 깊어진 영혼으로/나의 거짓말마저 슬퍼하면서/아프게" 나의 말을 성실하게 들어주었다. 화자는 '그대 말씀'에 쏠렸다고 말하지만, 어쩌면 나의 말을 잘 들어주었기 때문에 나는 그대에게 끌렸는지도 모른다. 3연이 그렇게 말해준다. 나는 그대의 마음을 훔치기 위해 거짓말까지 서슴지 않았을지 모른다. 그러나 그대는 그 거짓말까지도 성실하게 가슴 아프게 들어주었다, "제 몸을 녹여 진주를 만들듯이". 그래서 시인은 이 시의 제목을 '경청傾聽'이라 지었고, '듣다'와 '귀'라는 단어를 자주 사용했을 것이다.

그대는 그리하여 "나의 짐승 가죽까지는 아니더라도

짐승 털을 뽑아 준"고마운 이이다. 그렇게 생각한 이유는 그다음 구절에 나온다. "세상을 비웃던 내가 고마운 세상을" 느끼게 한 이가 바로 그대이기 때문이다. 그런데 내가 그런 고마움을 느낀 것도 "두 눈 똑바로 뜨고/그대 입술 보면서/귀를 연 순간"이었다. 두 눈을 똑바로 뜬 것도, 그대 입술을 본 것도, 귀를 연 것도 그대의 '말씀'을 잘 듣기 위해서였다. 그렇게 귀를 잘 연 결과 나의 삶은 달라지게 된 것이다.

화자는 마지막으로 말한다. 이번에는 '이와 같이'는 빼고 "나는 들었다"로 말을 꺼낸다. 앞에서는 '나'가 강조되지 않았는데, 여기서는 '나'가 강조되었다. 그렇게 그대 '말씀'을 잘 들은 결과 '나'를 찾았다는 것을 암시한다고 해석할 수 있겠다.

입술을 포개는 것은 더 이상의 언어가 필요하지 않음을 말해준다. 입술을 포개면 말을 할 수 없기 때문이다. 따라서 입술을 포갠다는 것은 말과 말이 아니라 마음과 마음이 합쳐지는 것을 말한다. 그렇게 그대의 마음을 내 마음에 담기 이전에 "나는 버려지 이하였다"고 고백하는 것은 그만큼 '그대'와의 만남이 소중했음을 말해주며, 나 자신을 죽이고 나서 진정한 나 자신을 찾았음을 말해준다.

김중식의 이번 시집이 첫 시집과 확연하게 구분되는 것은 바로 3부로 인해서다. 3부의 내용은 '사랑'이다. '사랑'이라는 키워드로 보니 세상이 달라 보인다. 휴화산은 "들키지 않은 사랑"(「휴화산」)으로 보이고, 채석강의 여름 바다나 효창공원 김구 선생 동상 뒤 대리석 바닥이나 절두산공원은 "우리 눈먼 사랑의 전쟁기념관"(「곤충 같은 사랑」)으로 보이고, 그대와 함께하지 않아도 "그대 없는 세상은 없습니다"(「별이 불타는 밤에」)라고 노래하게 되었으며, 오아시스 해바라기도 물 뿌리는 스프링클러도 동해 촛대바위 속 풀 한 포기도 신의 사랑으로 보이고(「관능」), 사막의 해바라기가 "태평양 핵잠수함의 잠망경,/수평선이 한 송이를 위한 부력浮力"(「꽃」)으로 보인다.

이 세상만 아니라면 어디라도 가자,
해서 오아시스에서 만난 해바라기
어디서 날아왔는지 모르겠으나
딱 한 송이로
백만 송이의 정원에 맞서는 존재감
사막 전체를 후광後光으로 지닌 꽃

앞발로 수맥을 짚어가는 낙타처럼
죄 없이 태어난 생명에 대해 무한 책임을 지는
성모聖母 같다
검은 망사 쓴 얼굴 속에 속울음이 있다

너는 살아 있으시라

살아 있기 힘들면 다시 태어나시라

약속하기 어려우나

삶이 다 기적이므로

다시 만날 수 있다고

사막 끝까지 배웅하는 해바라기

　　　　　　　　　　　　　—「다시 해바라기」 전문

　화자가 사막 여행을 시작할 때의 마음은 이 세상이 너무도 싫어서 제발 이 세상을 떠나보았으면 하는 마음이었던 듯하다. 그런데 여행 중 오아시스에서 해바라기 한 송이를 만났다. 참으로 신기했을 것이다. 해바라기가 떼로 피어 있는 것도 아니고, 딱 한 송이라면 참으로 신비했을 것이다. 그래서 시인은 "딱 한 송이로/백만 송이의 정원에 맞서는 존재감/사막 전체를 후광後光으로 지닌 꽃"이라고 상찬한다. 그것은 "앞발로 수맥을 짚어가는 낙타처럼/죄 없이 태어난 생명에 대해 무한 책임을 지는/성모聖母"처럼 거룩하고 성스럽다.

　가만히 들여다보니 해바라기는 슬프다. 가족들과 이별해서 홀로 객지 생활을 하는 듯한 모습이다. 이에 시인의 마음은 "검은 망사 쓴 얼굴 속에 속울음이 있다/너는 살아 있으시라/살아 있기 힘들면 다시 태어나시라"

라고 가엾다는 눈빛으로 노래한다.

그래도 해바라기는 희망이다. "약속하기 어려우나/삶이 다 기적이므로/다시 만날 수 있다고" 해바라기는 사막 끝까지 배웅한다. 삶이 다 기적이다! 사랑을 배운 김중식이 깨달은 '진실'이다.

김중식으로 하여금 이렇게 사랑의 시선으로 세상을 보게 한 것은 「경청」에서 그대의 말씀 또는 입술, 또는 나의 말을 잘 들어준 귀라고 할까? 어쨌든 그 총체적인 것이 그를 사랑으로 인도한 듯하다. 다시 말해 "이와 같이 들었다"에서 그 '이와 같은 내용'을 말한 이가 바로 인도자이다. 그는 또 누구인가? 멀리 갈 필요 없다. 바로 자신이다. 나와는 다른 '또 다른 나'이다. 곧 그대를 만나기 이전의 '나'와는 다른 '나'이자, 사랑을 알기 이전의 나와는 다른 사랑의 힘을 깨달은 '나'이다. 그렇게 '또 다른 나'가 '나'에게 '이와 같이' 말해준 것이다. 또 다른 나를 만나기까지 오랜 세월이 걸렸다.

꽃에서 사랑까지 한 뼘 거리

다른 우주가 만나는 순간처럼

그랬지, 30년 전 당신을 보았을 때
나는 섰다

그것을 아는 데 30년 걸렸다

　　　　　　　　　　　　　─「꽃에서 사랑까지」 부분

　꽃에서 사랑까지는 한 뼘 거리밖에 되지 않지만, 그것을 아는 데 30년이나 걸렸다. '꽃'은 곧 우리의 '삶'이다. 어쩌면 우리 모두가 그런 처지인지도 모른다. 대부분의 사람이 자신에게는 사랑이 부족하고 가족의 보살핌도 부족하고 재물이나 재능도 부족하다고 느낀다. 그러나 실제로는 이미 충분히 가지고 있는 경우에도 우리는 부족하다고 느끼는 경우가 많다.

　김중식은 오랫동안 지옥도 사막도 벗어날 수 없다고 노래했다. 물론 벗어나기는 힘들다. 그러나 벗어나지 않아도 지금 이곳의 삶이 참다운 의미가 있음을 그는 발견했다. 삶이란 무엇인가? 시인에게 "멀리 가봐야 세상은 그러하나/삶은 또다시 새 삶"(「그저 살다」)이다. 멀리 간다고 해서 새로운 삶이 있는 것이 아니라 매일매일이 새 삶이라는 것이다. 마치 마조도일(馬祖道一, 709~788) 선사의 "평상심이 곧 도다平常心是道"와 같은 사상이다. 마조선사는 '수행하여 깨닫고 부처가 되려고 하는 조작된 마음이 없고, 옳고 그름을 분별하는 분별심도 없으며, 좋은 것을 취하고 싫은 것을 버리려고 하는 취사선택의 차별심도 없고, 편견과 고정관념의 마음이 없는 근원적인 불심(본래심)'을 평상심이라 했다. 그런 마음으로 보면 세상이 이렇게 보일 것이다.

개나리 피었는데 또 폭설!
한 계절이 그냥 가지 않는다
뒤끝이 좀 있어

숲을 걸으면 풀벌레 소리 잦아들다
언제 그랬냐는 듯 북새판 된다
말 한 마디로 조용해질 세상이 아니다

그래, 아무리 살아봐야 가을은 익숙해지지 않지
안개 속으로 내려온 양떼구름
세상과 어긋나 자꾸 헛디디게 되지

이 산 저 산 적막강산
다들 잠든 척하지만 속으로는 바쁜 거야
좀 지나봐, 우글우글할 테니
　　　　　　　　　　　　　　　—「참 시끄럽다」전문

　개나리가 핀 후에도 폭설이 많이 내린다. 그럴 때 어
떤 마음이어야 하나? 폭설이 내리면 불편한 사람이 많
다. 특히 봄이 오려다 말고 예기치 않게 폭설이 내리면
교통도 혼잡해지고, 추위도 더 혹독하게 느껴진다. 그러

나 시인은 '어, 계절이 그냥 지나가지 않네, 뒤끝이 좀 있어!'라고 생각하며 웃어넘긴다.

숲을 걸으면 인기척에 놀란 풀벌레들이 잠시 노래를 멈춘다. 그러나 조금 더 가다 보면 언제 그랬냐는 듯이 자지러지게들 울어댄다. 그렇듯 세상은 말 한 마디로 조용해질 수 없다. 선생님이 조용히 하라고 소리쳐도 아이들은 잠시 조용했다가는 선생님이 사라지면 다시 떠들어댄다. 일일이 문제 삼다 보면 항상 불만이 생길 수밖에 없다.

아무리 살아봐야 가을이 되면 쌀쌀해지고 몸에도 이상 반응이 오고 마음도 쓸쓸해지는 것, 마치 안개 속으로 내려온 양떼구름이 본 모습을 잃어버리듯이 그렇게 세상은 언제나 문제가 보이지 않을 때조차도 문제를 안고 산다. 그런 채로 세상은 흘러간다.

시인은 알고 있다. 이 산 저 산 적막강산이라, 다들 잠든 척하지만 속으로는 바쁘다는 것을, 좀 지나면 우글우글하다는 것을. 그럼에도 시인은 불편하지 않다. 그런 모습 그대로가 삶의 현장이고, 그것을 어떻게 보느냐에 따라 지옥이냐 천상이냐가 갈릴 뿐, 지옥이나 천상이 따로 없다는 것을 알고 있기 때문이다.

이러한 대긍정의 사상이 이 시집의 마지막 시에서 대단원의 '꽃'을 피운다.

이 땅에 언제 파도가 왔다 갔는지
사막 전체가 물결이다
멀리서 바다였는데
다가갈수록 멀어지는 신기루
소금 사막에 묻힌 미라는
만 년간 잘 잤네

이루지 못할 약속을 할 때
우리는 다가가면서 멀어진다
우는 이유를 잊을 때까지 우는 여자여
우리는 가끔씩 울어야 한다
우주가 좁도록 세포분열하는 아메바처럼
우리는 만난 적도 없는데 한가득 헤어져 있기 때문이다

내가 아는 건
가을 숲 불꽃놀이가 끝나더라도
우리가 할 일은 봄에 꽃을 피우는 것
가장 깊은 상처의 도약
가장 뜨거웠던 입의 맞춤
할례당한 사막고원에 핀 양귀비처럼

언제 파도가 왔다 갔는지
사막에서 바다 냄새가 난다

이루지 못할 약속을 할 때

우리는 다가가면서 멀어질지라도

봄에 할 일은 꽃을 피우는 것

　　　　　　　　　　　　―「물결무늬 사막」 전문

　사막과 바다는 가장 먼 거리처럼 느껴진다. 바다가 물로 이루어졌다면, 사막은 물의 비중이 가장 적은 땅이기 때문이다. 그런데 시인은 "이 땅에 언제 파도가 왔다 갔는지/사막 전체가 물결이다"라며 사막에서 바다의 물결을 본다. 그러나 사막 속의 바다는 다가갈수록 멀어지는 신기루와 같다. "소금 사막에 묻힌 미라는/만 년간 잘 잤네"라는 구절은 먼 옛날 사막은 바다였음을 말해준다.

　2연의 의미는 애매하다. 2연의 핵심 구절은 "우리는 가끔씩 울어야 한다"이고, 그 이유는 "우리는 만난 적도 없는데 한가득 헤어져 있기 때문이다". 우는 이유를 달리 말하면 슬프기 때문일 것이므로, 풀어서 말하면, 우리는 헤어져 있는 것이 슬프기 때문에 가끔씩 울어야 한다는 뜻이 된다. 헤어지게 된 이유는 이루지 못한 약속을 했기 때문일까? 그러다 보니 다가가면서 멀어진 것일까?

　3연은 우리가 할 일을 비유적으로 표현했다. 가을 숲 불꽃놀이는 당연히 단풍이다. 단풍이 들고 낙엽이 지더라도 나무들은 봄에 꽃을 피운다. 그것은 가장 깊은 상처의 도약이요, 가장 뜨거웠던 입의 맞춤이요, 할례당한 사막 고원에 양귀비가 꽃을 피우는 것과 같다.

2연의 애매한 내용이 4연에 오면 정리된다. "언제 파도가 왔다 갔는지/사막에서 바다 냄새가 난다"는 것은 사막과 바다처럼 절대 만나지 못할 것 같은 존재들이 서로 교감할 수 있음을 웅변한다. "이루지 못할 약속을 할 때/우리는 다가가면서 멀어질지라도"는 일시적으로는 이루지 못할 약속일지라도 언젠가는 만날 수 있음을 암시한다. 우선은 다가가면서 멀어질지라도 먼 훗날 사막과 바다처럼 만날 터이니, 우리가 할 일은 봄에 '꽃을 피우는 것'이다.

이 시를 통해 2부에서 불모不毛의 세계로 그려졌던 사막과 바다가 모두 대긍정의 세계로 화했음을 확인할 수 있다.

우리는 여기서 김중식이 이번 시집의 「시인의 말」에서 "지상에 건국한 천국이 다 지옥이었다"라고 발언한 것에 주목한다. '지상에 건국한 천국'은 곧 욕망을 바탕으로 한 것이었다. 따라서 '천국'이라고 생각하고 꿈과 욕망을 재료로 사용하여 건설했지만 실제로는 지옥이었다는 것이다.

그래서 「시인의 말」은 "천국은 하늘에, 지옥은 지하에, 삶과 사랑은 지상에"라고 끝맺는다. 지금까지 살펴본 이번 시집의 내용을 종합적으로 정리한 말이라고 하겠다. 쓸데없이 지상에 천국을 건설하겠다는 욕망을 버리고, 지옥은 지하에 있으니 걱정하지 말고, 사랑의 왕국을 지상에 건설해야 한다는 말이다. 그 사랑의 왕국은 사실상 우리가 지옥이라고 생각했던 '지금 이곳'이기도 하다.

이상으로 보아 김중식의 새 시집은 첫 시집과 사뭇 다른 발전된 세계를 보여주고 있다고 하겠다. 날카로운 직관을 바탕에 두고 이를 시적으로 해석하고 의미를 도출해내는 능력이 이번 시집에서는 한층 원숙해졌다. 요컨대 첫 시집이 비관에 초점을 맞추고 비관적인 상황 해석에 몰두했다면, 이번 시집은 비관의 대상을 면밀히 살펴보고, 그것이 해결된다는 강력한 믿음으로 그 해결책이라고 할 수 있는 '사랑'을 노래했다.

붓다가 이 세계를 고통의 바다라고 진단했지만, 그것의 해결책을 제시했기에 비관주의자라고 할 수 없듯이, 김중식도 이 세계를 지옥이라고 진단했지만, 그것을 이길 수 있는 사랑을 노래했기에 비관주의자가 아니다. 시인은 세상을 구원할 종교적 사명을 띠고 있는 이가 아니기에 때로는 비관주의자가 되지 않으려고 노력하는 것이 작위적으로 보일 수 있다. 그러나 이번 시집의 시들을 다시 읽어보건대 그는 비관주의자가 되지 않으려고 노력한 것이 아니라 비관주의자였다가 자연스레 비관주의를 극복했음에 분명하다.

붓다는 괴로움의 정체를 면밀히 살펴본 결과 그것을 일시에 해소할 수 있는 열반의 세계를 발견하고, 그 열반의 세계가 다른 곳이 아닌 바르게 살고 고요하게 살며 지혜롭게 사는 데 있음을 가르쳤다. 김중식 또한 이번 시집에서 이 세상, 곧 지옥의 세계를 면밀히 관찰한 결과 천국이 저 멀리 따로 있는 것이 아니라, 사랑이 충만해 있다면, 선가禪家에서 한 생각 돌이키면 그곳이 깨달음의 세계라고 했듯이, 바로 지금 이곳이 천국과 같음을 노래한다. "머물러도 떠돌아도 보았으나/가보지 않은 곳에 무엇이 있는 게 아니었"(「방랑자의 노래」)으며, 머물러도 떠돌아도 사랑이 있다면 바로 머물고 있는 그곳이 천국이었던 것이다.

김중식은 이 시집을 기점으로 사뭇 새로운 시들을 노래하리라. "수초가 물결 속에 뿌리를 내리고/바람이 노래 속에 집을 짓듯이"(「세월이 흐른 뒤」).